冬后有春

莫昌楦　著

漓江出版社

图书在版编目（CIP）数据

冬后有春 / 莫昌楦著 . — 桂林：漓江出版社，2019.12 (2023.3重印)

ISBN 978-7-5407-8705-9

Ⅰ. ①冬… Ⅱ. ①莫… Ⅲ. ①中国文学－当代文学－

作品综合集 Ⅳ. ① I217.2

中国版本图书馆 CIP 数据核字 (2019) 第 147179 号

冬后有春　DONG HOU YOU CHUN

出 版 人　刘迪才
责任编辑　霍　丽
助理编辑　艾　畅
装帧设计　覃忠善
责任校对　苏子新
责任监印　张　璐

出版发行　漓江出版社有限公司
社　　址　广西桂林市南环路 22 号
邮　　编　541002
发行电话　010-85893190　0773-2583322
传　　真　010-85890870-814　0773-2582200
邮购热线　0773-2583322
电子邮箱　ljcbs@163.com
微信公众号　lijiangpress

印　　制　三河市天润建兴印务有限公司
开　　本　880 mm × 1230 mm　1/32
印　　张　8.75
字　　数　150 千
版　　次　2019 年 12 月第 1 版
印　　次　2023 年 3 月第 3 次
书　　号　ISBN 978-7-5407-8705-9
定　　价　45.00 元

序

我的恩师莫昌楦先生的新作《冬后有春》就要出版了，我有幸先睹为快。作为他的学生，谈一谈对先生新书的读后感，那是再自然不过了。

四十多年前，我就是莫先生的学生。那时我在念高一，他是我们班的任课老师。那年搞军训，他作为校级班子成员联系我们班，被我们称为“班政委”。15岁的我作为军训的通讯员，自然与他多些接触的机会，因而得到他“开小灶”的“恩赐”。我高中毕业后回乡担任生产队干部，莫先生作为领导干部下乡，来到我队蹲点并住在我家，又给我做工作上的指导，每天床头对床头地面授机宜，当然还谈了很多读书写作的经验。这些事情我终生难忘。三十多年前，我有幸与他同在一所院校一起工作，相聚时谈得最多的还是读书。近半个世纪里，我一直得到先生的教诲，非常感激。近日，他推出了这部新作，我在第一时间读到了先生的书，感到十分惬意。

莫先生几十年来都与书打交道，读、教、写、管，多样并举。一是读书。从小学到大学，他都是品学兼优的好学生。1958年党中央在邕城举行“南宁会议”。会议期间，毛主席在南宁市人民公园接见壮乡群众代表，读高中的莫先生作为学生代表，有幸得到接见。1964 年，他在省外一所大学毕业后，毅然回到百色山乡工作，这是读书的缘分。二是教书。他大学毕业以后，先做了近十年的中学教师，后来又做了二三十年的大学教师，一生都在教书育人。三是写书。他由于能言善写，做中学教师时，被上级抽调到公社（镇）机关当文教委员兼通讯报道干事，整天与文字打交道。他所写的稿件，曾上过《人民日报》《光明日报》《广西日报》，也曾成为对外电台的广播稿。这里有个故事，思林高中的钟江兴老师是 1960 年印尼归国华侨，他的 9 个兄弟姐妹中，有 8 人都毕业于国内高校，并做出了一番成绩。莫先生得知后，把钟老师一家的事迹整理出来，发表在《光明日报》上，电台也将此事做了对外广播，海外华侨阅读和收听后纷纷赞誉祖国的伟大。这位钟老师，是我读高二时的班主任兼语文教师。他的爱国情怀是溢于言表的。由此可见莫先生有着善于捕捉新闻的眼光。四是管书，即图书馆管理工作。在大学图书馆馆长的岗位上，他干了近 20 个年头，退休后还应聘到广州某民办高校图书馆任职。也许是多年来与书打交道的缘故，他的论文也多与图书资料情报专业研究有关。

可喜的是，二十年前，他的小儿子耀评大学毕业后，到了自治区首府某高校图书馆工作，如今也有了一番成就，这算是继承父业吧。可以说，莫先生的一生都在与书打交道，并且事业后继有人。从“贫寒子弟”到“书香门第”，既是新社会的造化，也是他努力的结果。

在几十年的教书和学术生涯中，莫先生写了很多文章，本书精选汇编了其中一部分，包括散文、书评、论文。乍看起来似乎有点杂，但各领风骚。

莫先生不仅能言善讲，文章也写得好。他的散文写得很精美，短小精悍。全书收录的近 30 篇散文以叙事见长，如《童年生活》《那一刻，一生的激动》《洪山滑雪》《重建思林街粤剧团小花絮》《思林公社逸事》《我的大学》等，文短意深，读后使人回味无穷。

能以短文见长，用最少的文字说明更多的道理，是写作的高手。莫先生不仅散文写得好，书评也写得妙，本文集收入的九篇书评，都恰到好处地对相关专著进行了评点。

莫先生的诗词，正如同他本人那般干练。本书所收录的十首诗词，是他几十年来教育生涯的真实写照。作为人民教师，他认真讲课、关心学生，期望“桃李朵朵映天明”“枝头喜鹊变凤凰”，这是一个辛勤园丁的情怀。

值得一提的是，莫先生还是个多才多艺的人。我在青少年时代就看过莫先生登台演戏，演得惟妙惟肖。我们这一代人，虽然生长在平凡的岁月里，却有幸遇见了一批优秀的教师，莫先生就是其中一位。

莫先生是职改后较早获得广西高校图书馆高级专业技术职务的专家之一，还是两所院校图书馆的开创者。在他调入百色学院（前身为右江民族师专）时，学校让他接手学校图书馆的工作，虽然这并非他本愿，但他服从了组织的安排，白手起家，凭着对事业的热爱，再加上对业务的精通和到位的管理，从小变大，从无到有，硬是把该校图书馆建设成了一座初具规模的学术信息机构，为学校成功专升本奠定了一定的基础，功不可没。退休以后，他还到广州一所民办高校图书馆担任图书馆馆长，并以非凡的能力，在较短的时间里把它建成了一座现代化的大学图书馆。不论是图书馆工作管理，还是对图书资料情报专业的研究，他都花了不少心血。文集还收录了先生的部分论文，都是关于地方院校图书馆资料情报工作研究的。他在这一系列专业论文中阐述的观点和见解，至今仍有现实意义。诸如《试谈迈向21世纪信息产业化的图书馆》《论专科学校如何实现图书馆自动化》等文中的见解都是比较超前的。由此可见他在图书资料情报专业研究领域的造诣之深。

一个人的成长，离不开生活环境尤其是家庭教育的影响。南国壮家的乡土文化，孕育了莫先生的风骨与情怀。莫先生是一位外柔内刚、感情丰富的人。他是新中国第一代大学毕业生，是新中国建设的宝贝，人称“国之骄子”。这一代人见证了新旧两个社会的更替和变换。他们的理想、信念和情怀，已经与党的宗旨、目标融合在一起。莫先生生长在南宁市郊、左右江的汇合处，大学毕业时本来可以分配到自治区首府或其他城市工作，但作为班里的团支部书记，他响应党和国家的号召，到边疆、到农村，到祖国最需要的地方去，在“老少边山穷”的百色地区一待就是50多年。30多年前，年富力强的他本可以调回首府，但他执意去桂西一所地方院校工作，直到退休。正如他诗中所言，“右江两岸桑梓情”，这位温文尔雅的学者，与右江革命老区结下了不解之缘。

一口气拜读完莫先生的大作，总的感觉是耳目一新。有些文章提到的故事，我早年曾听他讲过，当它们形诸文字，更是精彩。字里行间所散发出来的光彩与真谛，让我悟出不少道理。我相信其他读者读后，也一定会有不同程度的感悟。

是为序。

凌绍崇

2018 年 5 月 10 日

（凌绍崇，百色学院原副校长，教授、研究员，硕士研究生导师，出版过《立足原点》《走出圆圈》等 14 部作品。）

自　序

鲁迅先生的《秋夜》一文对小粉红花的描写十分生动形象。小粉红花在一层层厚厚的霜雪欺凌下一直打抖，梦中，却有诗人告诉它，秋虽然来，冬虽然来，而此后接着还是春。终于，它还是笑着迎接生活的磨难。多少年来，读者们一边同情小粉红花所受的苦难，一边赞扬它为理想而斗争的崇高精神。

我的一生经历了不同的时期。我的童年在抗日战争和解放战争中度过，其时广大人民生活在水深火热之中，可以说，我没有快乐的童年。中华人民共和国成立之初，百废待兴，在党的教育下我树立了共产主义理想和正确的人生观。“文化大革命”之初，我正年少青春，血气方刚，一心报国，却被一场暴风骤雨掩去了梦想。改革开放后，中华大地万紫千红，各方人才大显身手，我却老了。本书的故事就在这样的“土壤”上发生。

我读过很多书，在诗词里，我最喜欢的是苏东坡的《念奴娇・赤壁怀古》。年轻时读，我感觉它充满了豪迈壮阔、奋发向上的英雄气概。“大江东去”“惊涛拍岸，卷起千堆雪”“樯橹灰飞烟灭”，大好河山的壮阔与英雄豪杰的气概，不停地激励着我去追求、去奋斗，做一个对国家有贡献的人。但当年纪大了，这首词却引来无穷无尽的伤感——在生活和工作的重压下，我50多岁时便成了白发苍苍的老头子，果真是“多情应笑我，早生华发”。我曾请一位国家级书法家把这首词书写成堂幅，但又唯恐“高处不胜寒”而不敢挂上。

我这辈子有两件事令人乐道，自己亦难以忘怀。

一是20世纪70年代，我在思林公社担任文教委员时候的事。那时按规定每个公社干部都要下乡蹲点，帮助生产队发展生产和解决群众生活问题，于是我“蹲”进了坛乐大队定象生产队的凌绍崇家。绍崇是思林中学的学生，高中毕业后回乡当生产队队长，思想进步，人好，工作热情高。他父亲是坛乐小学的教导主任，母亲是一个善良朴实、勤劳节俭的农民，他们全家都对我很好。后来，绍崇到百色师范学校就读，毕业后留校工作，先后担任右江民族师专党委副书记、百色学院副校长。80年代初，我调入右江民族师专，这是我人生的转折点。到师专后，我得到绍崇无微不至的关怀，在他的帮助下，我克服了各种困难，生活称心，工作顺利。迄今，我已退休16年，虽然我们不常见面，但我与我的两个儿子还常念着他。

另一件事是退休后，我应聘到广州一家民办高校担任图书馆馆长兼上基础写作课，进行“二次创业”。在学校领导的信任和支持下，四年时间内我便把原来只有一间书刊阅览室的图书室扩建成具有大专院校规模的现代化图书馆，馆藏书从1万增至25万多册，还设立了集电子阅览室、期刊阅览室、借阅于一体的书库和现代服务中心，大大地满足了读者对信息资源及流通形式的需求，为学院提高教学质量、培养人才做出了应有的贡献。值得一提的是，我在四年时间里还为学院争取到了国际组织免费赠送的价值 300 多万元的 1 万多册外文原版书，这为开阔学校师生的国际视野起到了重要作用。

冬后有春，这是自然规律，也是社会发展规律，更是我一生的重要节点，就以此为序吧。

目　录

散　文

诗 词

书 评

学术研究

附 录

散　文

幼小心灵的梦

我家距南宁市区有30多公里，西靠扶绥，北邻武鸣。村边，左江滚滚穿过。因为是下游，江阔水深，常年通航。村外有四座不相连的山，山与山之间是大片的耕地，土地肥美。但是全村有100多户人家，每人只有几分田地，一味地穷。

我们村里全是清代小巷，一座座三开间、青砖绿瓦、庭院式的房子依次排开，古色古香。20世纪40年代，我就出生在这块神奇的土地上。家中清贫如洗，一屋三户挤在一起：伯父家、叔叔家、我家。孩子们没有自己的房间，每晚都在小小的厅堂里打地铺。

我6岁那年冬天，一场大病差点夺去了父母的生命。首先是母亲。说来也怪，母亲头天还在犁田割草，第二天就突然病在床上起不来，一阵发冷一阵发烧。村里没有郎中，家里又没有钱，只能熬着。熬了两天后，父亲也得了同样的病。家里无人照料，弟弟饿得直哭，伯父和叔叔家里又都没有人，我心急如焚，只好跑到别村求助。所谓“胡村十二坡”，我一坡一坡地跑，几近瘫软，最后在一位好心大婶的帮助下找到了一个村医。村医给父母把脉后，说他们患了严重的疟疾，虽然难治，但还是开了药，只是不一定见效。见此，我急促地跑到离家 8 里地远的外婆家求助。外婆跟着来到我家后，见父母病状，立即回去请来医生，再次把脉开药。这时，外婆想起来的路上有人告诉她，一种叫酸草的根熬水吃，可以治发冷发热的病。外婆说，酸草长在山上大石缝里，味酸苦，叶细长，很少见。

我把弟弟托给外婆暂时带回去，准备一个人上山去找。此时叔叔伯伯正好回来，听我说后，也分头上山找酸草根。伯伯找了一座山，叔叔找了两座山，都没有找着，而我从山脚找到山顶，翻遍每块大石头缝后，终于在一块大石头缝里找到一丛形状与外婆说的相似的草药，尝过之后我认定这是给父母治病的酸草了，便小心翼翼地拿回了家。

我激动得两手发抖，一到家便马上拿瓦罐熬制。只见火苗从瓦罐底燎出，一闪一闪地跳动、发光。我暗暗祈祷：父母亲啊，但愿你们的病快快地好起来，我们多么需要你们啊！

我不知道是两位医生开的药有效还是酸草根汤有效，过了两天，父母的病都好了。伯伯叔叔们说，大概两样都起作用吧。

早晨的太阳从东边出来，照得大地暖烘烘的，父母拉着一张长凳，坐在家门口晒太阳。我坐在父亲双膝上，弟弟坐在母亲双膝上。父亲夸我长大后肯定大有希望，母亲则叮嘱弟弟要好好向我学习，弟弟却噘着小嘴说："我才不呢，我要跟爸妈在一起。"父亲的话正是我儿时的梦想；而弟弟，则应了自己的话，一辈子跟母亲在家乡务农。不过近来听说，弟弟一家生活一年比一年好，我十分欣慰。

闹鬼的故事

村小学建在一个不高不矮的土山坡上，那里有两座大庙，每座庙有三进，两边还有厢房，村里学生并不多，所以把庙堂当作教室也是够用的。两庙中间有一片空地，并排长着两棵大大的酸桃树。这片空地以前是道场，现在是学校的体育场，有时也搭台开文艺晚会或唱粤剧。

学校老师都喜欢唱粤剧，胡绍璋和刘仁伟老师唱得最好，逢周末就组织教师和学生练唱。当时缺乏文体活动，我偶尔也去旁听。但万万没有想到的是，高小一年级的时候，我被胡老师点名跟他学唱粤剧。一起学唱的还有莫成桂、莫丽芬、胡宙、胡美珍四位同学，他们后来都成了我的票友和挚友。

刚开始学习时，胡老师便教我学“念白”。“念白”像讲话，稍加抑扬顿挫，比较容易。唱曲就不同了，它要按板调唱歌，如［滚花］［反线二王］。我因为没有音乐基础，学起来十分困难，那时差点要打退堂鼓了。大概是察觉到了我的心思，胡老师把我叫到他的办公室，提醒我道：“希望你学戏像学习各门功课一样努力，想要有一番作为就不能怕苦怕难。唱戏能提高你的基本素质，和各门功课的学习是有密切关系的。”因我家穷，父母希望我长大后能闯出一条新路来，我只好听胡老师的话了。

不久，学校决定排练粤剧《搜书院》，我在其中扮演一个重要的丫鬟，唱腔不多，道白却不少，而且男扮女装，我很喜欢这个角色。排练一个学期后，《搜书院》正式和观众见面了。刚一登台，我一见到台下一片黑压压的观众，便心慌念错了台词，还好唱段唱得还可以。演出结束后，赢得了一片掌声。演员们非常兴奋，谢幕后不停地互相交流，再加上还要卸装，最后，直到十二点半我们才回家。

回家的路长达 3 公里，那时全靠走，中间还要经过一座坟地，长坟短坟，密密麻麻。但当时我实在太困了，边走边打瞌睡，迷迷糊糊中以为到家了，便不知不觉坐了下来，一醒来发现自己坐在一个长坟旁，吓了一大跳，连哭带跑，在一位大妈的帮助下才回到了家。第二天听说村里闹鬼，众口纷纭，弄得人心惶惶，父母也连忙杀鸡买肉，到祠堂去祭拜祖先，祈求平安。村里人还请道公在庙堂前跳跳唱唱，赶鬼祛灾，连闹了三个晚上。

我七叔长期在南宁打工，见识广，知道这件事后便跟村里人解释道：“世间没有神鬼，当晚我侄儿因太晚太累了，不知不觉在坟地上睡着了，你们看，现在他都还好好的，没有被鬼神弄出什么名堂来，我们村也没灾没难，家家户户平安无事。”他又说：“几千年来我们信神信鬼，村里还是穷，日子一天比一天难过。前年干旱，因农作物歉收，我们做了道场，祈求上天保佑，但还是没有效果。”一席话说服了村里人，大家也就不继续弄神弄鬼了。

我还是我，我不再害怕什么，粤剧照样唱。不过打那以后，父母对我的发展有些不放心了。七叔的思想和行为却从此影响了我的人生。后来我加入共青团和共产党，始终坚定不移地信仰马列主义，并为她的事业不懈奋斗。

童年生活

我7岁才开始读书，那时是国民党统治时期，军阀横行，民不聊生。随后，中华人民共和国成立，百废待兴，但因土匪猖狂，学校上课不太正常，总是三天打鱼，两天晒网。寒暑假或不上学时，我随母亲在田里劳作，开始尝到生活的酸甜苦辣。

田水做汤亦香甜

我们坛想屯有这么一个习惯，屯民外出做农活都是早出晚归，中餐带粥到田埂地头去吃。母亲带的中餐往往是稀粥、干菜和盐巴，很简单。对此，母亲说:“有稀粥吃都不错了，还想山珍海味？”当时我还不知道山珍海味是什么，只是笑笑而已。母亲每天带的稀粥特别少，她耐得饿，一两口就顶一天，粥大多是我吃的。

有一年三夏，母亲和我在塘乾垌收谷子，我割谷穗，母亲打谷子。太阳偏西了，我们肚子十分饿。那时正好屯里一个卖米粉的老板经过，由于他每天挑一担米粉从这垌田到那垌田叫卖，到我们垌田时就只有粉没有烫水了。母亲用5斤谷子换了2斤米粉，然后到别的田去取田水做汤。田水倒还清澈，捞粉后有点香甜爽口，母亲说："这是稻花香留下的味道。""那放到田里的农家肥呢？"母亲回答道："农家肥被稻禾吃了，然后才能开花结成谷子。"我相信母亲的话。想不到文盲的母亲竟知道这么多科学知识，里面似乎还有很深的哲理呢！我心里暗暗有些自豪。

热土煨红薯更好吃

那年三月中旬，似乎夏天已经来到，炎热的天气令人汗流满面。母亲催得紧，我还没有吃饱粥便挑着一对箩筐到那独拔秧种田去了。母亲犁田耙田，我负责拔秧苗。我一面拔秧一面想："假如今年风调雨顺，我们的田地就会获得丰收，那时我们就有猪肉捞米粉了！"正午时分，我拔了满满两箩筐的秧苗，母亲也完成了犁田耙田的工作，便先休息吃粥。我灵机一动，对母亲说："红薯有另一种吃法，特别香甜松软。""怎样的吃法？就你人小鬼计多，我不信。"我马上解释道："这是六叔参加抗美援朝从朝鲜回来教我的，他说朝鲜人吃红薯喜欢用热土煨熟，又香又甜，柔软爽口。"

母亲被我说动了，从地里刨出十多个红薯给我。我在一块旱田里用泥块垒出一座金字塔式的炉子。炉子内部空心，下面开洞，再采来田埂上的干草点燃。烧到炉内泥块火红后，放入红薯，用其他泥块封紧炉洞，再把木棍从炉顶捅下，将炉泥拍实。半小时后，便可把红薯挖出来了。经过火红的热土煨熟的红薯，水分少、肉嫩松软、香甜可口，且皮不黑易剥。母亲吃后称赞不绝。此法后来成了全屯秘方，增加了吃红薯的乐趣。可惜我后来出城读书，毕业后又去了百色地区工作，没有机会回家，六叔没有吃过我亲手用热土煨的红薯。

地里守瓜害怕贼

母亲斗大的字不识，却有些经济头脑。家乡解放的时候，她认为摆脱贫困的机会来了，便在那岑山地开荒种西瓜。西瓜不吃肉只要子，母亲说:“瓜子卖得钱，划算。”

那时我每天都跟着母亲去开荒、碎土、起畦，还从家里挑农家肥到地里备用。我不大会挑担子，把握不住扁担的平衡点，走路常歪歪斜斜，箩筐一头高一头低。

付出终有收获。六月天，一大片绿油油的西瓜地里结满了又大又圆的西瓜。母亲担心有人偷西瓜，便让我在地里看守。那段时间，我每天都早早地到西瓜地，天黑后才能回家，中餐照样是一碗稀粥。

那时，天一黑我就发怵，双手紧握木棍，盯住四周，一有风吹草动便紧张起来。有一次，一只老鼠从草堆里跑出来，我以为是贼，吓得两腿发软。后来母亲安慰我说:“不怕，孩子，贼是要钱和物，小孩子无钱无物，他们不会伤害你的。”她又说:“你弟妹尚小，你不去守瓜谁去？”

西瓜地离左江不远。大概是 1950 年 6 月的一天傍晚，我发现河岸有七八个身穿灰色衣服扛着枪的人沿着河边的山路上下跑，我以为是贼，脸色大变，立即跑回屯里告诉大人。屯里几个青年跑到河边观察，回来说那七八个人是护船运货物到南宁的解放军。我虚惊一场，后来生了一场大病。

鸡蛋换背心心挺乐

我 12 岁还没有一件背心，大热天身上穿的还是一件土布衣服，十分难受。我曾多次让母亲买件背心给我，但她总是支支吾吾，一年拖一年。

我们学校建在一个小山坡上，山上山下没有民房，围墙内有两棵近 500 年的酸桃树。酸桃树部分枝叶伸出墙外，其下有两个摊贩，一个卖日用品，一个卖吃的，卖日用品的那个摊兼向学生收购东西。一日，我看见一个同学在那里用鸡蛋换钱，再用钱买东西吃，于是问摊主:“鸡蛋也可以换背心吗？”摊主便提出可以拿 10 个鸡蛋来换背心。放学回家后，我和母亲商量这事。母亲说:“我们家只有一只母鸡，一下子哪来 10 个鸡蛋？”她想了想又说，“这样吧，我们向伯母借几个鸡蛋，就换一件背心吧！”我高兴极了，第二天就去换回了一件洁白的背心。我穿着洁白的背心，在家里走来走去，给母亲看，给弟妹看。我的愿望实现了，心里好不得意！

七叔 & 求学南宁

1954 年秋，我上初中了。

那时刚考完高小毕业考试，七叔从南宁回到家，要带我去南宁读书。他的想法是，家乡中学教学水平较低，影响高考，而南宁教育条件好，教学质量高，在那边读书更有可能成才。父母欣然同意了。

七叔 17 岁时就在南宁一家私营杂货店打工。老板姓林，七叔让我叫他“七伯爷”。他 50 多岁，生有两男三女，全家住在商店二楼前房，我七叔住在后房单人间。七叔带我进宿舍时，正碰上林老板，林老板便指着我问七叔道：“他是你什么人？”他这一问，我心里不由得大为反感。七叔回答完“他是我亲侄儿”后，他一眼都没看我就走了。七叔房里很简单，一张单人床，一张长板凳。晚上七叔睡在床上，我睡在长板凳上，这倒不要紧，要紧的是吃饭问题。

这间商店有四五个工人，其中一个是专职厨师，每餐煮两样饭菜。老板全家在前房吃一样，工人在厨房吃另一样。工人都要付搭伙费，我也随着七叔，和工人们一起吃。我家穷惯了，只要有碗饭吃就心满意足。但好景不长，刚过一个星期，老板就找七叔去谈话，说不能让我在这里吃饭。回来后，七叔满脸愁容地对我说："明天我带你到另一个地方吃饭。"我问他去哪里，他说去同族伯父那里。我马上意识到，老板有意见了。我心想，有偌大的商店还这么小气，何况七叔是付搭伙费的，心中不由得生了恨意。不过后来想想，其他工人也是付钱的，多我一个人吃饭对别人也不公平。

到了伯父家，每餐饭有七八个人一起吃，连坐的地方都不够，有些人只能站着吃饭。伯父是摆摊卖木鞋的，生活也很艰辛，七叔每天都来看我，我也不好意思说些什么。过了十几天，七叔对我说："还是到学校去吃住吧，我已经去求老师了。"说完，我和七叔相视笑了起来。

我搬到学校去住后，第一晚就不小心从上铺跌到了下铺，幸好是连被滚下，不伤及腰骨，但意外的出现让我感到格外孤独和伤心。后来，有一天我午睡睡不着，便跑去教室呆坐，只想回家，不想读书了。这时，我发现一个志愿军叔叔正英姿飒爽地站在窗外。他也看见了我，见我满脸愁容，便问道："你遇到什么困难了吗？"我很爽直，就把我到南宁之后的事情和伤心之处全都告诉了他。他听罢，走进教室与我同坐。他说他叫吴万碧，18 岁就参加中国人民志愿军去朝鲜打仗，现在保卫首长回乡探亲。随后，他给我讲述了志愿军英勇抗战的故事，特别是上甘岭之战的故事。他说："碰到困难不要紧，要紧的是在困难面前有没有勇气去克服，我们要学习志愿军战士不怕困难不怕牺牲的精神，担起保卫祖国和建设祖国的重要任务。"他还送给我一张他在朝鲜战地拍摄的照片，并留下了通信地址。可惜的是，后来通信地址被弄丢了，我 60 年来都找不到他。

我在南宁读书，有时要回家拿伙食费或寒暑假要回家帮父母做田工。我家到南宁没有公路，没有汽车，进出的火车是在晚上一两点钟到江西站的，因此我要去南宁的话必须走 8 公里的夜路到江西站乘火车，中间会经过陈村。走夜路的时候，我不怕鬼，只怕贼和狗。但因火车到站的时间问题，每次离开，我都是晚上 11 点从家里出发，一路上连走带跑，看前看后，路旁有些风吹草动都会以为是贼。因为据老人说，贼很厉害，有钱要钱，没钱就要命，怎能不叫我害怕呢？到陈村村口时，会听见大狗小狗的怪叫，人要是经过，它们就会猛冲过去，煞是吓人。后来我总结出一条经验：走过陈村时，脚步要轻，屏住气，手里还要拿几块石头，万一被狗发现，当它们冲过来的时候，就弯腰做抓石头状并把石头砸过去，狗一回头我便立刻快跑。只要离开村庄，狗就不敢追过来了。那一年我才刚满 14 岁。“也许这能培养我的勇气呢！”我自我安慰地想。

麦斗老师

阴差阳错，中考以后我不情不愿地到南宁五中读高中。虽然五中比不上二中，但我只能接受现实，谁叫我在中考复习阶段跑去南宁粤剧团唱戏呢。假如当时家人不反对，我可能真的唱戏去了，哪里还有高中读?

我提着行李袋，刚进五中大门就遇见一位约50岁的老师。他不胖不瘦，前额稍突，眼睛深窝，头发乌亮，穿一件灰色夹克，笑起来慈祥可爱。在确认我是来报到的学生之后，他帮我提行李袋，还把我送到报到处。

开学了，第一堂是语文课，语文老师正是我报到时遇见的老师。他没有多余的话，自我介绍后立即叫我们打开课本。他朗读课文时抑扬顿挫，分析课文时深刻透彻，语言也幽默生动，常引起同学们的阵阵笑声。课后同学们称他为“麦斗”，意为多才多艺，永远第一。

高一第二学期的一个星期天，麦老师带全班同学到南宁远郊的凤凰村秋游。这个村景色迷人，村外的山上是一大片森林，长着大大的榕树、高高的桉树，还有很多叫不出名的树。山下是平展展的千亩良田，农民们正在开镰秋收，笑声不断。村边有一条小河，流水潺潺，清澈见底。回校后我把所见所闻写成了一篇游记。孰知过了不久，麦老师把我的作文当作范文在班上朗读，并要我用稿纸重抄一遍贴在教室后面的宣传栏上。打那以后我便爱上了文学。有一天，麦老师约我去新华书店，除了向我介绍一些好书之外，还在鲁迅作品专柜前向我讲解了鲁迅先生的故事和他作品的魅力。他说，他希望我能往文学艺术方面努力，做个有作为的人，最后还给我买了几本书。

到了高二，我的古文一直学得不好，甚至还产生了厌烦情绪。麦老师见状，也紧张起来，便常利用晚自修后的半小时对我进行专门辅导，纠正我的学习方法，教我如何更好地理解古文的多义词、虚词和特殊句子。慢慢地，我的信心树立起来了。

高三开始，学校分文理班了。但我对报考文科还是理科，一时下不了决心。我承认，我热爱文学，但文科专业毕业后分配面窄，需要用人的企业不多，理科则不然。据我所知，工矿企业一直在到处要理科生。这时麦老师又出现在我面前了。他详细地分析了我两年来的学习情况："你数学成绩一直不大好，物理勉强，化学较差，而语文成绩较好，历史不错，地理差些，总的来说文科更占优势。"我想了想，指出自己想去工矿企业工作，并不想去机关单位。他望着我笑了笑，让我再回去考虑考虑。第二天在教室再见的时候，他拍着我的肩膀说："为人民服务不分文科理科，考上最重要。"就是他这句话，我下定决心报考文科。

麦老师关心我，也关心班里的每个同学。他不带家眷，一个人在学校吃住，把全部的时间和精力都用在教学上，深受学生和同行们的赞扬。

毕业20年后，有一次听说麦老师住进了医院。那时的麦老师年逾古稀，身体多病。在南宁工作的同学纷纷去看望他，他还能叫出每个学生的名字。师生相见，自是回忆往事，感慨万千。遗憾的是，我在外地工作，没有人通知我，我也就未能见到麦老师最后一面。

那一刻，一生的激动

1958 年 1 月 21 日下午，学校通知我第二天有重要任务，叫我在学校等着，什么地方也不能去。我内心疑惑：我既不是班干，学习成绩也不怎么好，怎么有重要任务交给我呢?

22 日早上 7 点，一辆黑色轿车驶进学校，停在办公楼前。学校党支书梁老师急匆匆地找到我，送我上车。然而当我问司机我们去哪儿、有什么任务的时候，司机只说不知道。汽车经过几条街道，我欣赏着街边的高大建筑物，一路到了南宁四中。下车后，一位干部模样的人接我到一间已经坐有十多个学生的教室。随后，接我的人很快又带了十几个少先队员进来。确定人到齐后，他嘱咐我们在这里待着，不能到外面去。少先队员扎一堆，我们年龄大一些的另扎一堆，大家一起聊天，谁也不知道接下来要做什么。

12 点的时候，有人送饭给我们吃，吃完饭后，那个干部模样的人终于宣布："今天下午，中央首长接见广西各族人民，我们参加接见。"他话音一落，大家高兴万分。

在我们激动的同时，汽车又把我们送到了人民公园烈士碑前的广场上。广场上有三百来人，指挥者把大家分成八个方块，少先队员和学生一个方块，我被安排在第三排，前面两排是少先队员。

不一会儿，指挥者大声说："等一下中央首长接见我们，我们要遵守纪律，不准跑动！"话音刚落，毛主席就挥手走过来了，紧跟着的有周恩来总理、刘少奇副主席等。毛主席身穿毛大衣，头戴毡帽，面带笑容，在平台上一直挥手，来回走了三次，我们在下面激动万分，热泪盈眶。"毛主席万岁！""中国共产党万岁！""中华人民共和国万岁！"我们一面高呼，一面舞着手上的鲜花，看呀看，珍惜每一秒钟，总怕看不清楚。大概 10 分钟，接见结束。

过了一星期，南宁各大小报纸和电台编发了毛主席接见广西各族人民的特大消息。这时我才知道，11 日至 22 日，党中央部分领导和部分省市第一书记在南宁召开政治局扩大会议，称"南宁会议"。会议期间，即 22 日下午，毛主席和中央领导同志在人民公园古炮台、山顶以及纪念碑广场接见广西各族人民共 5000 多人，我当时所在之处就是纪念碑前广场。

学校领导请我给部分师生汇报接见情况，我连夜草拟了包括三个方面内容的发言提纲：一是毛主席接见场面，二是我见到毛主席时激动的心情，三是我决定好好学习，将来为国家做出贡献。汇报发言很顺利，大家都很羡慕我。至于我能参加的原因，一位团市委领导后来告诉我，是因为我是贫雇农的儿子，又是少先队中队辅导员，还获得过"南宁市青年突击手"称号。经此一事，我深受鼓舞，下定决心一定要努力成才。

打那以后，我愈加努力学习，只是天资有限，学习成绩总是达不到最优。大学毕业后，我响应毛主席和党中央的号召，到“老少边山穷”的地方去工作，一去就是一辈子。

我的大学

1960年正是我国“三年困难”时期，这一年我考上了中央民族学院分院中文系。大学阶段是我走过的一段艰难的人生历程。

“跨长江过黄河”大横额

我在南宁五中读高中。还有一个学期就要毕业的时候，学校在教学大楼前拉起了一条“跨长江渡黄河”的大横幅。班主任苏老师指着横幅对大家说：“高考谁能跨长江过黄河，谁就是英雄！这就是我们的口号，我们的奋斗目标！”那时口号就是任务，是必须努力完成的。

高中阶段，我各科成绩平平，班上排名中等，于是我在总复习时加倍努力，早上五点半就起床到操场背书、背定律，中晚餐拿饭到教室，一面吃一面做作业。我坚信，努力和坚持总会有好结果的。

高考时我并不紧张，考完就在学校等待。一天傍晚，班主任叫我和陈家雄去他家吃饭，我们一进门，他就笑盈盈地迎接我们道：“祝贺你们跨过了长江和黄河！”随即把入学通知书递到我们手上。我们欢喜若狂，紧拉着班主任的手不放。我笑道：“我只是到长江边，还没有跨呢！”班主任笑着说：“边也算跨了。”饭后我们和班主任照相留念，她还送了我们笔记本，嘱托我们要天天写日记。

后来有一日，我正在宿舍收拾行李，接到学校党支书梁老师的通知后，于第二日去市政府办公室。办公室陈秘书不停地祝贺我考上区外高校：“祝贺你考上区外名牌大学，去了以后要好好学习，毕业后回广西做贡献。”说完递给我一个红包，说这是市政府奖励的50元钱，因为我还是市“青年红旗突击手”。我高兴得热泪盈眶。

我家离南宁30多公里，一直贫穷落后，村里人知道我考上了区外大学，都上门祝贺。我母亲便预先做了一些红薯饼，只要村里有人来，便以一碗白开水和几个红薯饼招待。

而父亲，则一直坐在大门口旁的石墩上，很少说话，但嘴边总是含着笑意。突然，他向母亲说要下塘抓虾，随后，父亲拿纱罾，母亲拿簸箕，一起下塘去了，但捞几个钟头才捞到了二两虾。晚上，我们的这顿团圆饭就是那几只虾和木薯粥，看到这个情况，我眼泪直流，父亲一直安慰我道：“会好的，会好的。”

夜阑人静，平时的狗叫声也没有了，一轮明月从东山升起，越过树梢，爬上山顶，我坐在房顶栏杆旁欣赏家乡夜色。左江泛波、溪水潺潺、稻田飘香，令我如痴如醉。家乡的乳汁养育了我，我爱我的家乡。天亮了，我依依不舍地离开，父亲还从衣袋里摸出了5元钱递给我，我推着不要，说：“市政府已经给了我50元奖金，这些钱就留着家里用吧。”最后，父母含着眼泪送我离开，弟妹们也连声要我多回来看望他们。

一路风光一路情

骄阳似火，南宁火车站挤满了人，七叔和班主任在候车室与我话别。他们千叮万嘱，嘱咐我到学校要好好学习，毕业后做一个有作为的人。七叔从衣袋里取出一支钢笔，又从手腕上摘下一块手表，递给我说：“钢笔是给你上课用的，给你手表是让你珍惜每一分每一秒。”我望着他，点点头。

汽笛“呜呜”两声，火车“哐当哐当”地驶出了南宁市区。我坐在窗前，凝视着往后飞去的邕江和群山，突然看见五六头牛在犁田耙田，这勾起了我对家里水牛的回忆：我家的水牛很有力气，很健壮，家里田事全靠它，它也很孝顺我的母亲，行走快慢总是看着她，不让母亲太累，我很喜欢它。小时候，我经常骑在它的背上走来走去。鲁迅先生有句诗：“俯首甘为孺子牛。”我愿做人民的牛、家乡的牛、父母的牛。想着想着，我扑在茶几上睡着了。

不知谁喊了一声：“桂林到了！”我醒来往窗外一望，果然“桂林山水甲天下”。一座座奇形怪状的青山，一潭潭一带带的绿水，让人心旷神怡。我真想喝一口水，踏一步山。与家乡相比，这里似乎是仙境。

火车徐徐驶进长沙，近处看见“浪遏飞舟”的湘江，远处隐约看见岳麓山上的爱晚亭，似乎毛主席正站在橘子洲头吟咏他的《沁园春·长沙》。忽然传来湖南民歌《浏阳河》，我脑海里浮现出一幅图景：一轮红彤彤的太阳，照耀着金光闪闪的大地，广大劳动人民正自由地劳作和生活。啊，这不正是“桃花源”吗？我深知自己上大学的机会，是毛主席给的，是共产党给的，心里由衷地感激。

岳阳因岳阳楼和范仲淹的《岳阳楼记》而出名，历来为人们仰慕。在火车上看不到岳阳楼，真有点可惜。不过即使只看到洞庭湖一角，也能感受到“浩浩汤汤，横无际涯”的气派。湖边围成的水塘，还散发出一种甜甜香香的味道。我低头看了一下放在身边的木箱和布袋，木箱里有一两套旧衣服；我抬头往窗外望去，只看到一片广阔平原。洞庭湖边历来是鱼米之乡、国家粮仓，很是富庶。我心想，暂时的困难很快就会过去，迎来的将是美丽的春天。

清晨，我一到学校便去报到，由于学校没有安排活动，我便坐公交车去长江大桥观光。“一桥飞架南北”，只见宏伟的长江大桥锁住了龟山和蛇山，好不气派。怀揣着兴奋的心情，我请照相师傅照了几张照片，每张都写上“万里长江第一桥”的字样。随即，我走近长江边，让水拍打我的双脚，再用手舀水喝上两口，只觉清爽甘甜。母亲河的水，母亲的乳汁啊！我信步登上蛇山山腰，黄鹤楼没了，留下的只有“芳草萋萋鹦鹉洲”和那“白帆点点”的长江，“唯见长江天际流”。那宽大的胸襟和不舍的追求让我回想起高考前那条“跨长江过黄河”的大横幅，它激励大家为更高更远的目标而拼搏。走下蛇山后，我从长江大桥一步一步地走到汉阳龟山，心想：这算是跨过长江了吧！

新颖的教学方式

中学阶段实行的是应试教育的教学方式，老师每一堂课都在对填空、选择、分析、问答、作文等题型进行模拟考试训练，反反复复，毫无灵活性，学生死背硬记、顾此失彼。但到大学就完全不同了，侧重培养学生自主学习能力，即以培养思维能力为教学目标。老师讲课抓住重点顾及全面，分析问题步步深入，举一反三，并能结合该领域的最新研究成果，提供参考资料，拓宽学生思维。每周安排上课的时间不多，以保证学生有足够的自习时间。刚开始，我还有些不适应。

我们的学习和生活基本上是三点一线，上课在教室，自习在图书馆，休息在宿舍。但宿舍有时也是学习的地方。宿舍里，每人摆有一张书桌，还有台灯、书架，很多同学不去图书馆，就会在宿舍里看书，但不准影响别人。按规定，宿舍的东西要摆放整齐。有一次，我看书到凌晨一点多钟，满桌的书没收拾就睡觉了，第二天被室长公开批评。

我住的宿舍有四个同学。一次，室长提议开一个以《诗经》的艺术表现手法为主题的学术研讨会。当三个舍友都论证《诗经》是现实主义艺术手法时，我提出《诗经》也有浪漫主义手法。夸张、比喻的本质是超现实的，它含有浪漫主义色彩，如同李白的诗也有现实主义描写。所以任何一部作品，都不是只有一种表现手法，而是几种表现手法相结合，只不过以其中的一种为主罢了。研讨会连续开了几次，很精彩。通过这样的学习，确实能学到很多东西。我原来是不爱讲话的，但研讨会让我喜欢上了发表意见，特别当我有一些与他人不同的看法时，说出来心里才舒服。这个个性特点影响了我以后的人生。

冬天，武汉很冷，又没有暖气设备，我们都躲在被窝里复习功课，听说期末考试采取面试的方式，我们都紧张起来了。

第一门考试是写作。考场设在一个小教室里，前面放有一排桌椅，像是主席台，专供八位主考老师用，下面放有桌凳，供考生用。

前面有五个同学从小教室里出来了，脸色都不太好看。老师叫到我，我进去后先在主考桌上抽签，然后在考生用的桌凳上坐着看题，考的是写作主体与客体之间的关系，有 10 分钟的思考时间。10 分钟后开始口答，一开始倒还顺利，只是之后几个主考老师针对我回答的提问太深了，我答得模糊，最终得到 4 分（5 分制）。

写作课的考试持续了两天半，考完后大家议论纷纷，但有一条共同认识：这样的考试不仅能学到东西，还能进一步激发同学们自主学习的主动性，培养我们的思维能力。

艰苦生活锻炼了人

我们这一代大学生，生活确实十分艰苦，吃没吃、穿没穿，但愈是这样的境况，愈是锻炼了我们的毅力。

那时候学校实行供给制，每个月给学生发一次饭票。饭票不写面值，一天分早、中、晚三餐，过期无效。虽然分发的饭票保证了有饭可吃，但我们每餐吃的是大麦粥、玉米粥和玉米窝窝头，后来虽然能吃到红薯片和木薯糊糊，但很少，根本吃不饱。如蚕豆，每人每餐只能分到26颗。有一次学校搞勤工俭学，要我们到长江边的水泥制品厂扛水泥杆，扛了大半天，回到饭堂后每人只有一小碗大麦粥可吃，直饿得两眼发黑，有些同学躺在饭堂长板凳上，久久不能动弹。我尚好，此次回校，带了些母亲做的南瓜饼来，能顶一下。

在这样的情况下，校领导也为改善师生生活想了一些法子。例如在校农场范围内的南湖水域筑坝养鱼虾，师生们分批到那里劳动两周，主要任务是用泥箕挑土筑大坝。

我们班住在原来农场的仓库里，条件很差，早晚吃的是红薯片和红薯叶，偶尔吃一次玉米粥。一次，我们四个来自广西的同学因识水性，休息时便偷偷下湖采菱角。我们在芦苇荡里穿来穿去，却只见菱蔓和菱叶，不见菱子。那时，小刘在一堆草丛中发现了一窝水鸟蛋，因为在家时有吃生蛋的经历，于是生吃了一个，哪知到晚上就拉起了肚子。我们立即把他送到附近的军队疗养所打针吃药，第二天才恢复过来。

那时，班长老向发动同学们在洪山脚下开荒种包菜，同学们勤浇水、勤施肥，包菜长势很好。那时正是冬天，一次下雪天里，厚厚的雪把包菜全都盖住了，那天晚上我们又正好肚子太饿，睡不着，便偷偷去扒开雪捞出了几棵包菜，用脸盆在宿舍楼下角落生火煮，虽然无油无盐，但每人都吃了满满三大碗。

春节过后，土地解冻，我们又在学校文物馆后面的荒地上开了畦地种上蚕豆。蚕豆耐旱、易长，不用浇水施肥，长得也很好。到了六月份收成的时候，我们吃不完，便把它们分给了其他宿舍的同学，系领导知道后还在大会上表扬我们呢！

林之棠教授

大二，林之棠教授上我们班“杜甫诗歌研究”课。听说林教授 1958 年因讲过一些不合时宜的话，被下放到校农场看牛，因他表现好，学校便调他回来上我们班的课。

林教授看上去 50 多岁，稍为矮胖，一言一语、一举一动都文质彬彬，颇有学者风范，我们都很喜欢他。他语言幽默风趣、讲课重点突出，可以在不看讲义的情况下，把个人情感融入作品。他说，我们读杜诗，首先要把自己当作杜甫，像杜甫般自吟自赏，只有这样，才能感受到杜诗的魅力所在。他告诉我们，研究杜诗，要把他的作品与其他诗人的作品进行对比研究，这样更能体会到杜诗的精髓。

林教授爱生吃牛肉，他总将牛肉切成薄片蘸味碟品尝，他说这是原生态吃法，很有营养。林教授很关心学生的学习和生活，每周都到学生宿舍嘘寒问暖。一天晚上，我一个人在宿舍看书，被林教授看到了，他生怕这是因为我与其他同学闹矛盾了，直到我解释了原因，他才放下心来。随后林教授教我如何写关于杜甫诗歌的论文，经他指点，我完成了选题任务。

不幸的是，几天后，林教授在上课的时候出事了。

那天上午，林教授上课时很激动，回头在黑板上写粉笔字的时候突然“哎哟”一声倒在讲台上。同学们见状，马上上去扶他，并慢慢把他抬到楼下，用救护车送到学校医务所，再送去了鄂北医院。但抢救无效，林教授终因脑溢血与世永别，我们齐声痛哭。

林教授的遗体被停放在洪山殡仪馆里，有内外间，内间停放遗体，外间设灵堂。学校指定我们班的同学 24 小时轮流守灵，并接待林教授的亲朋好友和各级领导前来吊唁。开始时大家都有点害怕，我不怕，因此同学都推我在第一班守灵。每班分两组，一组守灵一组接待，与吊唁者同悲同哭，一直持续了五天。

根据林教授家属的要求及其家乡的民俗习惯，组织上同意将林教授土葬，墓地就选在武昌青山。青山是座连绵的大山，山上散落着众多的长坟短坟。山高路陡，林教授的棺木又大又重，请来八大员都难抬。同学们齐心协力，出尽力气，两个多小时才到墓地。下葬时，我们都铲一铲泥土，覆盖在林教授棺木上，然后在坟前烧纸钱、跪拜，哭了一回又一回。

林教授没有后代，40 岁时领养了一个儿子，叫亚毛。林教授走后，我们经常带他出去买东西，请他吃饭。据说林教授生前写有一部著作《无头论》，主要内容是寻找和论证历代文章体裁的源头，很有研究价值，但当时没有出版，不知道后来亚毛帮他出版了没有，很是怀念。

我的春天

1964年，我国困难时期已经过去，迎来了万紫千红的春天，那年我大学毕业，应该说也是我的春天。

6月下旬，学校毕业生分配方案公布，我和广西籍的几个同学被分配回广西工作，同时到广西工作的还有两个外省同学。

学校为毕业班同学在办公大楼前的广场上举办了一场盛大的通宵舞会。我们尽情地跳、疯狂地舞，累了就回去休息一下再来，饿了的话，学校还免费提供夜宵。12时，喇叭传出我校种的两棵铁树开花的消息，于是，同学们都拥到这两棵铁树前看铁树开花。铁树的花花型大、白里透红，每朵八片，舒展自然，与荷花相似，但比荷花小得多，美极了。因为是第一次见，所以我们觉得特别稀奇，特别新鲜。

“哐当哐当”，火车又把我们送回了南宁。区人事厅对此很重视，还派车接我们住在了南宁饭店。第二天，服务员带我们周游南宁。站在邕江大桥上，服务员向我们介绍邕江大桥建设情况后，我说我参加过邕江大桥建设。随后我解释说，那时我参加义务劳动，是专门扛水泥包的，引得大家哈哈大笑。我又指着江面，说1958年毛主席冬泳，我在外围陪着呢，讲得大家有点羡慕。

大概过了五天，区人事厅分配我去了百色地区。传说百色地区穷山恶水，百姓住的大多是茅草房，吃的是玉米粥，既不通路也没有电，谁去肯定受苦一辈子。父母知道我被分配到百色地区后，立即叫我要求改派，留在南宁。我对他们说，我们家穷惯了，我能吃苦，我读大学不只是为个人，更重要的是为人民，我可以去奉献、去改变。

南宁到百色有250公里的路程，坐汽车要9个小时。公路又弯又窄，满是泥巴，落得旅客也全身泥尘。

转来转去，我这辈子都在百色了。先后换了几次岗，跋山涉水、昼夜繁忙、饥饿苦困，不知有多少无奈和委屈，但我从来没有后悔。我把青春乃至一生都献给了百色，1980年和1992年，我曾有两次机会回南宁，然而我却舍不得百色，婉言谢绝了。每当夜阑人静的时候，我总会想：我这个大学没有白读吧！

洪山滑雪

洪山坐落在武昌蛇山尾，高大险峻，登顶后可以清楚地看到周围的东湖、南湖、长江以及汉阳、汉口，有“极目楚天舒”之感。有人说这座山堵住了蛇山不让回头，令其与汉阳龟山共同守护着祖国的母亲河长江，不能有二心。中央民族学院分院就坐落在洪山脚下。

武汉很少下雪，偶尔下雪也是很小的雪，飘到地上马上就融化了，那年冬天下的雪却特别地多。

下雪前，天气极冷，气温降到了 -18℃，我和宿舍里的四个同学不敢出门学习，只能窝在宿舍里看书，不到 11 点就上床睡了，身上盖两张棉被还觉得冷。早晨 6 点，起床铃声响了，小马是第一个起来，也是第一个发现下雪的。只听他大声喊：“下大雪啦！”我们宿舍另外几人因从没见过雪，便一骨碌起来趴到窗前，透过玻璃看外面雪的世界。可是雪实在太大了，堆积在地上的雪甚至封住了门窗。还是小马有力气，一点点把雪撬掉，窗才全部打开。啊，真美！窗外的山、街道、房屋、路面、树木全被厚厚的雪盖住，像是一个无边无际的白色水晶宫。一片白茫茫中隐约看到的一些黑点，那是点缀着白色世界的树干。

小马诗兴来了，他吟起了第一句“地白天白全是白”，小农接“树木房屋雪中埋”，小陆摇头摆脑地说“唯有梅花傲霜雪”，最后是我——“新代书声更精彩”。吟毕大家哈哈大笑。我们穿好学校早早发下的棉衣、棉裤，戴上棉帽，跑到路上去体验踩雪的乐趣。高一脚低一脚，脚下发出“喳喳”的声音，小马后来索性在雪地上打滚，抓着一把雪就放进嘴里，小陆笑道:“小马学上甘岭的志愿军呢！”

吃完早餐，学校广播通知因寒冷停课的消息，我们四人便踏着雪，一步一步上洪山去，尝试滑雪的味道。洪山半山腰有一块没有树木的空地，那儿有一尺多厚的雪。我们到那里时，一群同学已经在玩雪了。我们和他们一起滚雪球、塑人像，我说:“就塑造一个美丽的姑娘吧！”大家齐动手，不一会儿就塑出一个“刘三姐”来，小陆开玩笑说:“送给小马做老婆吧。”得到的回馈是小马俏皮一推。小陆四脚朝天滑下坡后，我们几人也坐在雪地上，两手叉开一起滑下去。滑下去之后，我们又手脚并用爬上坡顶，继续往下滑。这样上上下下几回，累了，饿了，仍然依依不舍。

雪还在继续下，一朵朵棉花似的雪从天空中飘下，它们看不见路，东闯西撞，每棵树上也都挂满了冰条，我们用棍子横扫过去，冰条便“啪啦啪啦”地落下。

北雪南水，各有特点。北方的雪，一年可以玩几个月，南方的水，一年四季都可以跳水游泳，浪遏飞舟。我生在南方、长在南方，自然尤能感受到在南方生活的舒适之处。

回到宿舍，脱下棉衣，窗外的雪越下越大。我余兴未尽，书看不下去，心想着不知这场雪要下多久。瑞雪兆丰年，对农民来说，田里的害虫被冻死，迎来的是来年农作物的大丰收，而对我们这些刚上大学的年轻人来说，大雪冲走了高中时代各种各样的烦恼，击破了心中沉重的压力，轻装上阵，大步前进，迎来的是大学时代知识技能的大丰收。啊，雪呀雪！

地下恋

进校后，学校开展了为期一周的新生入学教育，主要内容有两项，一是专业思想教育，二是纪律制度教育。奇怪的是，这两项内容都贯穿了一条线：在校大学生不准谈恋爱。老师说，这是教育部《高校六十条》规定的，谁也不能改。那时，我们是新生，刚入学，见什么都新鲜，人与人之间也很陌生，因此大家都不在意。

到了大二，男女同学相处时间长了，常互相交流，便对“在校大学生不准谈恋爱”的规定提出了质疑。有人说：“这不对，20 多岁的人了，谈恋爱是不应被剥夺的权利。”又有人说：“不准应改为不提倡，谁愿意谈就谈，谁不愿意谈就不谈。”还有人说：“不准谈是对的，大学生应该把全部时间和精力放在学习上。”为此，我们在一次班会上开展了一场辩论。这事让系领导知道了，上报到学校领导处，校领导再次重申“不准”，并宣布，谁违反这个规定就处分谁。但是，人总有一种叛逆心理，如果明的不成就转入暗的，如果阳的不成就转为阴的。恋爱这东西在青年人身上犹如干柴烈火，怎能阻止得了呢？我们中文系一下涌出很多对情侣，不过他们统统转入“地下恋”，以神不知鬼不觉，“装”“暗”“转”的方法偷偷谈恋爱。

中文系的小梁和历史系的小朱是在一次舞会上认识的。有一天，小朱见小梁穿的长裤上的两个膝盖都磨破了，便主动帮他缝补。拿到破损的长裤后，小朱一针一线，整整齐齐地在破损处缝上了两个对称的大圆圈。小梁拿回裤子，看到暗示后喜出望外，看了一次又一次，摸了一回又一回。就这样，他们相爱了。不过他们很会“装”：在旁人面前从来不讲话，在路上如果遇见同学就离得远远的。在教室或报告厅听课，他俩也不坐在一起。在图书馆或自习室，更是各看各的书，视线都不相碰，然而他们心里都有对方。他们常通过邮寄书信联系，或在无人时相会，他俩说这是秘密渠道。有一次，小梁开箱拿衣服，临走时却忘记上锁，到教室上课后想起这事，立即回宿舍把箱子锁好，吓出了一身冷汗，因为小朱的信放在箱底的一条棉裤里。小梁的信则密封邮寄回家，绝对安全。

“暗”，即在暗处相见、幽会。这些恋人通常在晚自修下课，电灯全熄了之后，躲在教室一角说悄悄话。星期天或节假日，他们会到附近公园去，坐在暗处相依。有一年冬天，越南胡志明主席来访，小吴作为群众代表去飞机场欢迎，回校时宾馆给每人发了两个肉包子。当时是国家困难时期，能吃到肉包子是很难的，小吴舍不得独享，便秘密通知小马到一座寺庙一起吃，谁知竟被巡逻的和尚发现了，吓得他俩撒腿就跑。还有一个星期天的晚上，他俩在公园的树下拥抱，突然听到背后“嘘、嘘”两声，他俩的脸立刻变青，马上各自跑回学校了，生怕见到熟人。

“转”，即转到远处相会。在校内或学校周边相会可能随时遇见熟人，不安全。因此他们常利用星期天或节假日跑到城市远郊去，坐在山坡上，走在田埂上。小杨和小农就用这种办法无忧无虑地约会。到了寒暑假，那就是他们的天地了，他们有时到北京、上海，有时到桂林、广州，浪漫天涯。有一年暑假，他俩去湖南岳阳楼，登楼望湖，看白帆点点，心旷神怡。他俩一夜未眠，一面观赏渔火，一面畅谈美好的未来。第二天清晨，他俩面对岳阳楼，一次次地背诵《岳阳楼记》，还比赛谁背得快呢。

“装”“暗”“转”的办法或这些办法的升级版，使爱情生活愈加多姿多彩。然而有时候也有意外发生。

小王和小向平时很谨慎，谈了两年恋爱都没有人发现。一次，他俩因一件事吵架，小向气哭后下意识地蹲在校园路旁。看到小向如此，小王忍不住去扶她起来。这一画面被系主任发现了。过了几天，系主任叫他们到办公室，说他俩有恋爱关系，而且影响很坏。他俩开始不承认，后来在高压下不得不说出实情。不久学院一纸文件逼他俩退学。

小王家住在湖南边远的一个小山村，全村“九分石头一分土”，一年的生产刚够三个月的口粮，还有九个月靠国家救济。理想前途破灭了，他俩只能默默忍受着生活的煎熬。过了半年，小向想与小王分手，但此时小向已经怀孕，此事后来也就按下不提。无奈之下，小王跑去乡政府寻求救助，希望小向能在本村做个民办教师，乡里很快就同意了。该教学点只有 10 多个学生，有三个年级，复式上课。民办教师工资很低，全家人的生活仍十分艰难。有一次，一个亲戚送给他们几斤大米，小向熬了一锅白粥，4 岁多的孩子高兴不已，拿着一碗粥一双筷条，一边跑一边吃。哪知孩子不小心摔倒，筷条插进了喉咙里，到了医院，长期治不好，成了残疾。20 世纪 70 年代末，他俩听说冤假错案可以平反，于是回到原来的学院请求平反，给他们发大专毕业文凭，学院没有同意。

无奈，他俩又回到了小山村，过着原来那贫穷落后的生活。国家实行改革开放的政策后，虽然致富的机遇也多了，但他俩年纪已经大了，什么事也做不了了。小王和小向的事传开后，同学们十分同情，但也唯余叹气，只能不时寄些钱去帮助而已。

在靖西的日子里

1964年秋，接百色地区行署的通知，我去参加靖西的社会主义教育运动试点工作，简称“四清”运动，为期一年。

靖西与越南相邻，素有“小桂林”之称，风景如画，我被这里的风景吸引，情不自禁地喊出“风景这边独好！”

“四清”工作队组织编制为总团、分团、大队、组，与行政区域的县、公社、生产大队、生产队相对应。我被指定到城郊公社旧州大队第三生产队工作。旧州大队有一条弯曲清澈的小河，河上横着一座石桥，岸边蹲着一座古塔，四面石山环绕，田里的绿和山上的绿连成一片，高高低低任随风吹日晒。这里有8个生产队，常住人口5000多，有与越南通婚的现象。我到生产队后的第一个工作就是扎根串联，带领群众搞生产，改善生活。

我和干部群众商量建了一个石灰窑，开火后日夜轮班。有一天，天蒙蒙亮，我在下班回来的路上，经过一个小卖部，因为肚子太饿，进去买了几颗糖，出门时碰上了工作队的秘书，当时他不说话。过了几天，工作队召开会议，他点名批评我买糖的事，说：“买糖吃和吃鱼、肉、蛋一样，都是违反纪律的事情。”后来汇报到总团、分团，但总团、分团大事成堆，最终并没顾上这件事。

旧州大队工作队里，有四个人都是刚大学毕业。我们馋肉馋得发慌，于是相约：不管是谁进城，必须偷偷到饭店买点熟肉回来。肉买回来后，大家借着去玉米地检查之机，用生盐做蘸料，用手抓肉，狼吞虎咽地吃。一次，一个社员经过，我们察觉到动静，收拾得很快，社员以为我们真的是来看玉米长势的。他走后，我们相望，做鬼脸哈哈大笑起来。

五月初五端午节那天，旧州有连续三天吃粽子，不煮粥饭的习俗。当然，粽子里有肉菜，也无须煮菜。可是，工作队却有“不准吃鱼、肉、蛋”的禁令，怎么办呢？我左思右想，还是把问题提到了工作队会议上去。问题一提出，便引起了一场争议，有人说：“客观造成的问题，我们没办法，照吃。”有人说：“把里面的肉拿出来，我们吃外面的米就行了。”有人说：“不管怎么吃，都不能脱离群众，让群众反感。”最后，我们达成共识：不声张，东家怎么吃我们就怎么吃。

我严格按照制定的目标和计划进行工作，通过发动群众，查账和外调，未发现生产队干部有多大问题，只是在 1963 年会计账上发现生产队养鸭分配时少登记了两只。这两只鸭到哪里去了呢？查了很久才知道是鸭饲养员放鸭到河里去时不见的。我汇报情况后，工作队领导很不相信，说：“哪个田螺不吃泥！”认为我有极右思想，还组织一个组到生产队进行复查，结果和我汇报的情况一样，我才没被扣帽子。因为没有“四不清”干部，我们生产队立即转入教育提高阶段。

有一天，我发现东家没柴烧了，便约相邻生产队的工作队员苏炳璋一起上山打柴。旧州城外高山连绵，方圆几十公里。我和老苏一会儿爬上山顶，一会儿走到山谷，因干柴难找，我们也不会砍树，一直没捡到足够的干柴。晌午时分，我们又累又饿，决定分头找野果吃。找呀找，我完全迷失了方向，屁股一坐，竟在石板上睡着了。后来老苏说，他见我“失踪”，心里着慌，到处喊我的名字，却只听见山的回声。当我醒来时，太阳已快下山。我不断地喊着老苏的名字，好一会儿才找到他。我们继续找干柴，老苏帮我把捡到的干柴捆好放到肩膀上，一前一后，各自回到了东家家里。

一盏煤油灯

参加靖西社会主义教育运动试点工作回来后，百色专署很快就把我分配到田东县，田东县也很快就把我分配到思林中学任语文教师。那年，我 25 岁。

思林中学位于南百公路旁，周边路况极差，每天只有一两趟班车，老百姓很难坐上。从田东县城到思林中学，只能乘轮船。我和另一个刚毕业的大学生一同被分配到思林中学，便一同乘轮船前往。沿着右江直下，不知穿过几座山、几道弯，随着波浪拍打船体，我激动的心情难以抑制。三声笛响过，隐约听到密密的锣鼓声。老农说："大概是师生出来欢迎我们吧。"思林镇码头水浅，轮船不能靠岸，上下船的人靠渡口小船接送。小船靠岸时，岸上有一位老师问我们是不是分配来思林中学的新老师，得到确定答案后，老师和同学们拥上前，帮我们提行李。高高的码头两旁站满了欢迎队伍，我们走在前面，欢迎队伍走在后面，浩浩荡荡地来到了学校。

我被安排在一间不到 10 平方米的宿舍，地面是三合土拍打而成的泥地，墙壁用石灰粉刷，天面是青瓦盖，室内只有一张单人木床和一张书桌。我还未来得及观察左邻右舍，一位老教师提着一盏煤油灯进来了，拍着我的肩膀说：“我们这里还没有电，晚上备课就靠这盏煤油灯了。”并说今晚语文教研组设宴欢迎我，吃狗肉！听说有狗肉吃，我特别高兴。

晚宴回来，宿舍一片漆黑。我划根火柴，点燃煤油灯。因为天太黑，豆大的火苗显得特别明亮，它照着地面，照着墙壁，照着青色的瓦片。我的心还是那样激动，再过几天就要开学上课了，我得赶紧在煤油灯下备课。第一课是《伟大的祖国》，我翻开备课本，拿着笔，却久久写不出一个字来。柔和的煤油灯光映着我的脸，照进我的心。我想：“语文教师主要通过对课文的讲解，教会学生如何做人，如何运用语言文字记事叙物，表达情感。”

我注视着煤油灯光，几个关键词闪出来了——“地大物博”“人口众多”“交通便利”“优秀的民族传统文化”，通过关键词分析课文的思想内容和艺术特色，联系实际教学生如何遣词造句，树立学生的爱国精神，是这盏煤油灯给我的启示。我一直备课到凌晨一点半，第二天清晨，还得到右江河边去刷牙洗脸，然后再提一桶水回来备用。

思林镇一直没有电，这盏煤油灯陪伴我度过那段艰难的岁月。

那一年，学校师生痛批《海瑞罢官》、“三家村”的同时，联系实际深挖本校的“封、资、修”，大字报贴满整个校园，不少老师被批斗。谁是谁非，大家一时很混乱。夜深人静，我点燃那盏煤油灯，再次认真地阅读马克思主义有关书籍，心中明白了许多。我相信大多数教师是好的，不应被批斗。然而不久，我也被扣上“小资产阶级思想”的帽子，幸好没被拉上台批斗。

工宣队进驻学校，师生们热烈响应毛主席“向解放军学习”的号召，在解放军代表的带领下进行军事训练。一个漆黑的晚上，全校师生进行野外拉练。12 时，校园响起了军号声，10 分钟内大家背好行李，手中攥着已经备好的火把，整齐地列队在大操场上。军代表没有多余的话，立正稍息后一声“出发”，队伍立即向山里挺进。每人手中的火把都被点亮了，长长的火龙从山脚到山顶，又从山顶到山脚，山回路转，弯弯曲曲，不断变化游动，何等壮观。它冲破了黑夜，映红了山间，无止境地前进，比那盏煤油灯辉煌伟大得多了。这次拉练的目的地是红灯水库，全程 20 多公里。经过两个多小时的夜行军，大家都筋疲力尽。时值寒冬，山风朔朔，师生们坐在地上，背靠着背互相取暖。有人提议生篝火，解放军代表同意了。篝火旁的师生们又跳又唱，热闹非凡。高六排黄宝禄同学双眼瞅着篝火，一动不动，也不说话，他在构思心得体会文章呢。被同学们称为“文豪”的他总是把人物形象和自然景观装进自己的脑里。我挨近宝禄同学，问他悟出了什么新意，他笑了笑说：“篝火像太阳光辉，永远照暖我们的心。”

没过多久，天就要亮了，我们拉练队伍必须在天亮前回到学校。我一进宿舍，划根火柴，点燃那盏煤油灯，备课本还等待我去打开呢。我不是一盏灯，却被一盏灯照亮；灯光照在脸上、照在心坎上，让我对生活充满信心，对教育事业永远保持着热爱与忠诚。

红七军老战士李志明回乡探亲二三事

1974年冬，阳光明媚，田东县思林公社迎来红七军老战士、八路军总部特务团政委、党七大代表、海军海岸部第一副部长李志明回乡探亲。当时我是公社专职通讯报道干事，领导指定我为李老文员，负责为他修改文稿和写一些通讯报道送给报社、广播电台，我因此有机会接近他。下面是李老回乡探亲二三事。

齐唱《赤卫队之歌》

李老的专车停靠在公社大门前，在那里，早已等候迎接他的有公社全体干部、李老的亲属、乡亲代表等50多人。下车后，只见李老满面红光，精神矍铄。他向这块红土地三鞠躬，发自内心地说："我永远是红色家乡的儿子。"大家也随之欢呼："热烈欢迎李老回乡探亲！"第二天早上，李老主持召开思林老赤卫队代表座谈会。李老发言道：“当年红七军北上，我们思林有 50 多人参加，到全国解放时只剩下两个人，大部分同志都为新民主主义革命牺牲了。今天我们一定要继承先烈的遗志，把家乡建设好。当时你们老赤卫队队员留在这片红土地上继续与敌人斗争，成绩辉煌，很了不起，我向你们致敬！”随后老赤卫队队员纷纷发言，向李老汇报红七军北上后他们在“下游委”领导下坚持斗争的事情。一个老赤卫队队员在汇报时高唱当年的《赤卫队之歌》，引起了大家的兴趣，但因时间久远，又是用壮语唱的，所以一时记不完整，不过经过大家的补充，还是把这支歌补充完整了。李老也激动地站起来和大家一次又一次地唱，座谈会被推向了高潮。公社党委书记提议请思林中学音乐教师邓周业来记录整理，再请思林中学文艺宣传队演唱，录音后送给县广播站播出。不过这个提议后来由于一些别的原因没有实现。

话又说回来，那次座谈会结束后，李老带领部分老赤卫队队员前往鹧鸪坳，参观当年红七军阻击滇军的战斗遗址。李老指着一座锯形的山说：“那时我们排就埋伏在这座山的山脚下，战斗了三天两夜，战况很惨烈！”一个老赤卫队队员也回忆起自己参与这场战斗的后勤工作的事，大家都感慨万分。最后，众人在这座山前合影留念。

种玉米

正月初三，太阳拨走乌云，大地回暖。生产队队长敲着竹筒，叫社员们上山种玉米。李老的侄儿挑农家肥，他则扛一把宽口锄头，一路上频频和社员们打招呼，嘘寒问暖。

种玉米时，往往是前面开行，后面跟着放肥、点播、培土。李老拿着一袋玉米种子点播时，看到前面一位40多岁的妇女在放肥，便问道："放农家肥好还是放化肥好？"那妇女答道："放农家肥，玉米会好吃一些。"李老又问："种水稻放什么肥？"那妇女又答道："和种玉米一样，底肥还是农家肥，催长是化肥，土洋结合。"李老点点头说："这样好，这样好，讲质量又讲增产，目前我国粮食产量还不高，首先要保证全国人民吃得饱，然后讲究吃得好。"一旁的生产队长说："是呀，上级一再要求我们要增产，全国一盘棋嘛！"

中午休息的时候，社员们吃着各自带来的粽子，几个青年后生哥围在李老身边。一个青年问："李老，我们青年人日复一日、年复一年地这样劳动，生活很平淡，心情很郁闷，怎样才有出息呢？"这一问引起了大家的共鸣，李老便坐在一块石头上说："平平淡淡才是真，青年人要有理想、有抱负、有追求。农业现代化不正是靠我们青年人去干吗？你们可以因地制宜研究农业现代化，化什么、怎么化，还要学习农业技术，扩大和丰富农产品种类，改善社员们的生活，这里面可是大有作为！"李老又说："如果你们有兴趣，回去我寄一些书刊给你们。"

下午李老也在田间和大家一起培土，只见他双手握着一把宽口锄头，一挑一耙，很有力。他一边锄地一边说："我15岁参加红七军，在那之前，我种过玉米、耙过田，基本功是永远不会忘记的。"

上门向各家各户拜年

除旧迎新，大年初一那天，壮族人家有拜年的习俗。那天，大人会给小孩发红包，祝他们学习进步；小孩会给大人拜年，祝老人健康长寿。此外，他们还会去祠堂、土地庙烧香放炮，祈求新的一年风调雨顺，土地丰收。全生产队共有30多户人家，每一户李老都亲自上门拜年，而且拜年内容各有不同。

李老首先到生产队队长家里拜年。生产队队长50多岁，一向勤俭节约，日子过得很充实。李老和他一边聊家常，一边询问生产队生产和社员生活的情况。当李老知道村外有一片30多亩的“望天田”后，他立即叫队长带他去实地考察，商量着把原来的二级抽水站扩建为三级抽水站，把这30多亩的“望天田”变为一年两造的旱涝保收田。回到村边，他俩又站在长长的水塘边，琢磨着怎样利用这口塘养鱼养鸭，改善社员生活。

回到生产队，李老继续给各家各户拜年。拜年过程中，来到了一户黄姓人家。谈话中，李老了解到这一家有些家庭成员好吃懒做，生活比较困难，就建议立即召开家庭会议。家庭会议上，李老指出：“劳动才能致富，团结才有力量。”通过逐步分析和指点，李老帮助这户人家分析和解决了各种矛盾。

李老最后到了一户较为封建迷信的社员家里。他一面关心他家的生活情况，一面指出搞封建迷信不对。他举例说：“你们家这几年搞了很多信神信鬼、封建迷信的事，为什么现在还这么穷？孩子病那么多？就拿生产队来说，你们年年去拜祭祠堂和土地庙，到头来还是灾难连连，这就说明，封建迷信不科学，要破除。”李老的一番话，让这家人连连点头。出门时，他们告诉李老，这番话让他们明白了很多道理。

思林情怀

——专家访谈录（口述录）

2009年7月28日，骄阳似火。采访组（以下简称“访”）一行三人在右江河畔的一间房舍里，采访了百色学院图书馆原馆长、副研究馆员莫昌楦（以下简称“莫”）和田东县第二中学原副校长、高级政工师黄礼宽（以下简称“黄”）。

访：在右江中游，有一座驰名的城镇，叫思林镇。土地革命时期，思林是右江革命根据地的重要组成部分。邓小平、张云逸多次到那里指导工作，留下了许多故事。巍巍的云头山，见证了当年的历史。思林军民在1926—1937年间，一直在党的领导下坚持武装斗争，谱写了可歌可泣的篇章。莫馆长，您在思林工作了20年，黄校长不仅在那里工作过，还是思林人，你们对思林的革命历史情况都很熟悉，在历史民族文化研究方面也有一定的成就。今天，能不能说一说当年思林革命的一些情况？

莫：土地革命时期，思林是右江革命根据地的一个县，那是根据地的腹地，后来并入新划的田东县，今天还是使用这个地名，只不过现在在行政区划上是一个镇。我虽是南宁人，但百色是我的第二故乡。1964 年，我大学毕业后分配到百色革命老区工作。我在思林工作了 20 年，当过中学教师，做过党报党刊通讯报道员，任过文教干事，1984 年到百色学院工作。在思林期间，我接触过当年的革命老人，接待过回乡探亲的老红军，对思林境内当年所发生的情况有所了解，我还曾陪同红七军老战士李志明考察过鹧鸪坳战斗遗址呢。

访：那就请您先谈一谈当时陪李老去鹧鸪坳战斗遗址考察的情况。

莫：1972 年冬，李志明回到阔别多年的故乡思林。他参加过百色起义和保卫右江革命根据地的战斗。随红七军主力北上后，他当过八路军总部特务团政委，是党的七大代表，最高职务是海军海岸部第一副部长。老人家那次回乡住了 15 天，那时，我在公社机关任职。那天，我们到车站接他，下车后，他非常激动，热泪盈眶，立正向这片红土地鞠了三次躬，发自内心地说："我永远是红色家乡的儿子。"右江翻浪，树枝点头，人们目睹了这位老英雄的风采。

黄：当时李老回来我也知道。

莫：那时，李老听取了镇领导对家乡建设与发展的汇报，参观了家乡美好的自然风光，走访了乡亲父老，还召开了老红军老赤卫队队员座谈会，一起回忆思林红军时期的战斗历程。尽兴时，老人家和大家一起高唱《赤卫队之歌》，可当回忆到红七军鹧鸪坳阻击滇军的战斗时，老人家陷入了"情池"。这毕竟是他参加红军后参加的第一场正规战斗啊！座谈会后，老人家想去参观鹧鸪坳战斗遗址。根据领导的指示，武装部小陆和我陪同前往，小陆负责保卫，我负责文书。

访：您以前去过鹧鸪坳吗？

莫：我去过很多次。每一次路过或专程到那里考察，都深受震撼。那天一早，李老喊上我："小莫，随我去鹧鸪坳。""是！"

黄：（笑）好像李老的一个兵。

莫：那时我刚三十岁出头嘛。鹧鸪坳是通往桂西的门户，离思林街不远，与平果县果化镇交界。这是一条长达两公里的深谷，两边山岩陡峭，鹏鸟也难以飞越，历来是兵家要塞。下了车，李老对着山峦起伏的山峰，立正行了个标准的军礼。路上，我一山一山地指点，并说明每座山山背上的村名。老人家默默无言，似乎在思索什么，一会儿站着观望，一会儿坐在草地上比画。我一头雾水，不敢多问。我想，许是老首长在缅怀战友，不便打扰。

那时，首长已年过花甲，受过伤的脚行走不便，但他爬山时依然健步如飞。我与小陆陪着他，一路上，李老不言语，心事凝重，显然在思考着什么。当我指着一座锯齿山，告诉他这山背后是东吞村时，李老突然一拍大腿，举手一挥，大嚷起来："当时我就埋伏在那个山头！"右手食指一指："就是这座山！42年了，梦里都有它。"他告诉我们，当年他和二连战士凌晨一点多从思林出发，跑步到东吞，然后从这座山的山背攀登到山顶，顺着山势下到山底，在大道两旁埋伏，等待即将开始的阻击战。敌人上来，他们就英勇阻击，在这里激战了三天四夜，给敌人以重创。后来敌人不敢恋战，往东窜去，算是打了个平手，还有所赚，打出了红七军的威风。瞬间，不知什么缘故，晴朗的天空变得细雨蒙蒙，山渐渐模糊了，但老人家的记忆却十分清晰，我和小陆都认真地听着、记着。

考察归来时，李老即兴朗读他写的诗：

红军从山顶走到山脚，又从山脚爬到路边，躲在石缝里，藏在树底下。

太阳还没升起，四面八方冒出火花，炮声惊天，杀声动地。

敌军四散，骡马奔跑，车辆粉碎，红军向前。

在我跟前，一棵大树下面，敌军一个班，举枪投降。

黄：好诗！

莫：要知道，李老不仅曾是我军的高级指挥员，还是个诗人，他还是全国作协会员呢。他早年出版了《长征诗草》《右江红旗》等诗集，我们学院图书馆也有他的藏书，可以找来读一读。

访：这两本诗集我都拜读过了，写得很有激情！

莫：鹧鸪坳战斗后，我军的伤员即转移到云头山背后的红七军那叭野战医院医治。还记得吗？ 10年前我们就去那叭村访问过。

访：记得！我印象还很深呢。给我讲述当年故事的革命老人叫廖春朋，当时已95岁，但仍然精神矍铄，思路清晰，谈锋甚健。土地革命时期，他是赤卫队队员，后来编入红七军21师62团，是红军老战士。他说伤员都送到了这里，那时，西药很少，都是靠着部队的军医和懂医的群众用中草药医治的。邓小平还在那叭慰问过伤员呢。经过一段时间的医治，几百名伤病员伤愈归队，但也有 34 人医治无效，牺牲了。

莫：这些牺牲的烈士就埋在村头不远的山头上，时隔69年，群众开荒时发现了红军烈士的遗骸。那天，我们正好去采访，便与群众一同捡起了红军战士遗骸，寄托我们的哀思，后来镇政府和群众自发修建了红军烈士墓。这就是我们的人民，淳朴善良的人民。

访：那天廖老在谈到邓小平政委时，眼睛特别亮。他说，邓政委总是在他们最困难的时候到来，给他们以鼓励和支持。听说您在 30 多年前曾参与组织编写了一出反映邓小平率队夜渡右江的话剧《夜渡》，就以军民鱼水情和伟人与人民为主题，这出戏还获过奖。

莫：那是 1974 年，邓小平复出不久，我与思林中学、思林街文艺队一起编排的节目。这个节目是根据邓小平 1930 年 3 月 17 日晚率队在思林夜渡右江的真实故事编排的。编排时，当年接应邓小平一行的老红军、老赤卫队队员都还健在。我们就是根据这些老战士的口述创作的，后来这个节目参加了县里的会演，还被推举去自治区演出，都获了奖。这个剧本现在还保存完好。

访：邓小平多次到思林检查工作，都有哪些方面的指示要求？

黄：邓小平在思林指挥过打仗，慰问过伤员。40 多年前，我在思林广养一带任教，听革命老人说，邓小平当年曾到广养岩考察过，到那叭村红七军野战医院慰问过伤员；在思林真良时，他在那里办了十几天学，培训干部，给赤卫军战士讲话，率领红军与赤卫军袭击思林县城，访贫问苦，深入群众、调查研究，参加春耕。这些史料都有记载，我就不多说了。我还听许多街坊邻居说，邓小平1930年夏到思林检查工作时，在思林中山街与横街交叉的广盛铺记住过好长一段时间。广盛铺记到思林县苏维埃政府办公地点仅有100多米，他常到那里指导工作，询问土地革命和县苏维埃政府妇女部的情况。他关心妇女儿童工作，指导了共耕社的建立，为思林做出了巨大的贡献。

访：我们听说过“广盛铺记”这个店名。我们学院的覃若萍老师于20世纪80年代在杭州采访过红军老战士李志明。李老说他随红七军北上到了延安后，七八年未与家里通信，想给家里写封信，就是让广盛铺记帮转的，后来信收到了。所言大意为，我在外地搞生意，因筹措经费有限，一时不能回家，云云。采访散记发表在学校校报上，我还记得很清楚。

莫：思林一带确实有很多红色故事。邓小平、张云逸、李明瑞、韦拔群、雷经天等都来过思林。邓小平更是多次到来，每次来都住上一段时间，少则几天，多则半月，走遍了思林的山山水水。在思林的时候，邓小平同志还指导阮殿煊办好定象共耕社，发动群众进行土地革命。36年前，我随镇（公社）书记到定象屯蹲点时，亲身感受到了邓小平对这片红土地的深情与厚爱。张军长还派人来建立爱桑兵工厂。这就是一种革命情怀。

黄：思林是有红色基础的，思林参与革命活动的时间比较早。早在 1926 年，思林人就在党的领导下成立农民自卫军，进行农民运动。百色起义前，农军三打思林县城的故事就很出名。此外，包括思林在内的右江各地，建立过一支由我党领导的农民革命武装队伍。这都为百色起义的成功奠定了思想基础和社会基础。

访：这还与思林的战略地位有关，思林与东兰、恩隆一样，是较早开展农民运动的地方，是通往右江盆地的门户，连接左右江革命根据地的纽带。最重要的是，这里的群众基础比较好，因此许多领导人常来这里指导工作。红七军主力北上时，思林有数百名志士参加，包括女兵，其中还有三位县团职干部随队北上。这也是个典型，能不能谈一些具体情况？

黄：思林当时是右江革命根据地的腹地，思林赤卫军先后三次编入红七军。这里的农民，几乎都参加了红七军和赤卫军。思林街上的韦荣，是一位女战士。她冲破传统婚姻的束缚，毅然参加了革命，后来成为一名军医，长征过草地时牺牲了。我的堂伯父黄海仁，是红七军的一个连长，后来在一次战斗中，寡不敌众，被敌人抓获，宁死不屈、英勇就义。

莫：您好像是汉族人？

黄：是的！大部分思林人是壮族人。壮族人民热情支持并积极参加红七军。思林街和周边有部分汉族人居住，我父亲所在的那效屯，也有许多汉族子弟参加红七军、赤卫军。

访：这就说明我们党领导的革命是不分民族的。

莫：思林不论是过去还是现在，都是民族团结的典范。

黄：是啊！百色起义是壮、汉、瑶各族人民参加的革命壮举。这说明壮、汉、瑶群众一心为革命，不分民族，与共产党一条心！这种精神得到了发扬光大。如今，思林是民族团结的典范，这和当年的革命精神是分不开的。

访：思林籍的几位著名英雄人物，阮殿煊、黄永达、韦少丰、莫寿廷、韦荣、阮平、李志明等的传记，大家都很熟悉。如老红军阮平、李志明于1962年分别发表的《回忆思林人民的革命斗争》《夜奔思林当红军》等文章，我们读后印象特别深。但对在红军、赤卫军中担任基层指挥员和战斗员的人物了解还比较少，如红军营长黄大仁，连长谢万来、黄海仁等。黄海仁是您的堂伯父，您能否把黄海仁烈士的事迹阐述一下？

黄：我对堂伯父的情况了解得也不是很详细，他牺牲后我才出生。后来听老人们说了，并查阅了相关资料档案，才了解了基本情况。青年的黄海仁，在省立广西五中读书时，开始接触《少年先锋》《向导》《新青年》等进步刊物，受革命思想的影响，逐步了解了国家时局和形势，追求救国救民之道，树立了革命的信心，坚定了为国家和民族复兴而奋斗的决心。于是，从百色读书返乡后，他立即投身家乡的革命活动，参加由黄永达领导的思林县农民自卫军，随军先后攻打那造、定午、排漫等土豪巢穴，狠狠地打击了敌人。百色起义后，思林部分农民自卫军编入红七军，伯父因此成为一名光荣的红七军战士。1930年2月4日，桂系军阀派出三个团和一个营的兵力，在师长李画新指挥下，向驻守隆安的红七军一纵队发起攻击，滕国栋、黄永达率领的恩隆、思林赤卫军数百人奉命前往隆安增援。当时，已任排长职务的黄海仁也带队参加了战斗。经过三天三夜的激战，为了保存实力，红军主力撤出战斗，拟向恩隆县七里山区撤退，但敌人仍然跟踪追击。为了打掉敌人的威风，张云逸军长指挥红七军教导大队以及滕国栋、黄永达率领的恩隆和思林赤卫军共1000多人，包括黄海仁在内的指战员们，分三路反击平马镇的敌军，英勇战斗。他们首先击败了进驻平马的桂军覃兴团驻守在马鞍山的一个营，然后挺进平马街，我军进攻频频告捷。经过一昼夜的战斗，这次的“回马枪”行动顺利完成，于是张军长下令部队撤出平马，开往七里山区一带。伯父经过隆安、平马等多次战斗的洗礼，已由红七军排长提升为连长了。

莫：红七军和右江赤卫军都是好样的。

黄：伯父投身革命的同时，一有机会就回家乡向乡亲父老传播进步思想、宣传革命思想。在他的引导和鼓励下，一批热血青年产生了投身革命的愿望。1930年2月的一天，他回到家乡，带领黄海怀、黄秀丽、黄海嵩等十多个青年（这些青年大部分是上那效屯人，有少数是右江对岸坛乐村坛朗屯人）从上那效屯出发，往北面山区找部队。由于部队已转移，找不着，又联系不上，他们一行只好往林凤乡方向走，想与林凤的滕国栋、滕德甫等革命领导人联系上。他们走在逶迤曲折的小路上，穿过一座又一座山，当走到林凤乡林驮村岩踞山坳时，突然遭遇当地有名的黄明海匪帮的围攻，由于寡不敌众，他们被捕了。黄明海知道黄海仁是名年轻的红军指挥员，有文化，是条好汉，便打算收买他们，妄图收编成其匪部，为其卖命。伯父看清敌人的阴谋，义正词严地揭穿他们的反动本质，斥责他们的罪恶行径，并表示决不跟他们沆瀣一气、同流合污。还说随行的这批人是他带出来的，有事一切由他负责，与他们无关，他们都是为了活计而出来的无辜村民，不能对他们下毒手。之后，尽管敌人对伯父软硬兼施，他仍然坚贞不屈。敌人无可奈何，恼羞成怒，决定将伯父杀害。而对其他随行人员，黄明海则另打鬼主意。黄明海指使他人前往上那效屯和坛朗屯报信，说黄海怀等一批人被扣留在林驮，要家人赶快拿钱去赎人，否则一律杀掉。家属们获知消息后都慌了手脚，立刻到处筹措银钱。将钱凑足后，连夜送到林驮。这样，其他人交了赎金均获释回家，伯父则被匪徒杀害，壮烈牺牲。至此，敌人仍不死心，还将他的头颅砍下，拿到思林街牛西岭（壮音“内怀西”）挂起示众。堂伯父就这样惨死在敌人的屠刀下，为革命流尽了最后一滴血，牺牲时年仅 28 岁。

访：黄海仁烈士的牺牲实在是气壮山河。我 10 年前采访过一位当时已 80 多岁的老人，他叫阮廷三。他说，土地革命时期，他十多岁时亲眼见过阮觉民烈士父子上刑场的情景。那是 1930 年 2 月，隆安之战后，红七军主力迂回贵州榕江游击，思林县城暂落入敌手，但乡村还是我们的。红七军政治部政工员阮觉民不幸被捕，敌人软硬兼施妄图让他屈服，并把他年仅 15 岁的小孩也一起抓来，逼他脱党，说只要喊一声“脱离共产党”，就把他们父子俩放了。但他大义凛然，视死如归，高喊着：“农友们，大家等着那一天，红军一定会打回来的！”与儿子一同从容地走向刑场。这是何等壮烈！

莫：这是一种信仰的力量！ 30 多年前，我下乡时就住在阮廷三老人家里，他与阮觉民烈士是一个屯的，我听他说过思林土地革命时期的故事，那个屯里还有几位烈士，牺牲时也很壮烈。

访：是啊，英雄们的英勇事迹彪炳千秋，我们应该永远铭记。

莫：思林人民在大革命时期和土地革命时期为中国革命做出了重大的贡献，仅现思林镇辖区中牺牲的有名有姓的烈士就有 50 人，其中担任红军团级以上指挥员的有 7 人，营级 3 人，连级 3 人。还有许多失踪者、未能认定的烈士、无名英雄、被害的革命志士和群众。思林人民跟随共产党，跟随邓小平闹革命，还有很多红色传说和故事，我们应该进一步挖掘这些故事。

黄：邓小平、张云逸在思林活动的时间较长。邓小平路过和住过思林的次数有七八次之多。思林赤卫军编入红七军后，有的战士曾在军部与军首长一同工作。我听一些亲历者说过，他们曾在思林多次见到邓小平和张云逸。思林街上的黄先生曾受阮殿煊、黄永达的指令给邓小平送过几回信，赖先生当过张云逸的马夫，东隆的黄先生多次与邓小平交谈。我还听说，为表彰思林军民的突出贡献，军首长还犒劳过思林三街的父老乡亲，席上气氛很热烈。

莫：思林参军北上的有数百人，到新中国成立后仅幸存数人。其中阮平、李志明后来成为省军级干部。从史料上看，红七军主力北上后，思林赤卫军大部分人员编入了红 21 师 62 团，该团的主要活动范围也是在思林及其周边。中共右江下游委员会、右江下游革命委员会都在思林境内成立。你们一定记得“革命洋楼”的故事吧，他们的办公地点就在右江边的“憨琅洞”里，里面地形类似一层层楼房，革命者散发的红色传单用的就是这个名字，弄得敌人在城里到处寻找，以为革命据点在那儿，新中国成立后才破解这个谜。思林军民继承红七军的光荣传统，坚持游击了六年之久，谱写了可歌可泣的篇章。

访：这些故事我们都听说过了，的确很感人。思林革命是右江革命乃至中国革命的缩影。思林留下了伟人、革命先辈的足迹。我小时候，常常听当年的老红军讲战斗的故事。这些故事，激励着我们不断奋发向上。作为一名教育工作者，我们有责任把革命精神不断发扬光大。

莫：我和黄校长今年都是虚岁七十的人了，做了一辈子的教育和文化宣传工作。百色起义和红七军的故事，在我们这一代人心中是永远抹不掉的。希望下一代把这些红色记忆永远传承下去，这是一笔财富，我们可不能忘记啊！

黄：老莫的话也是我的心里话。

访：两位老师讲得都很好，谢谢！

（本篇访谈录由莫昌楦、黄礼宽口述，凌绍崇记录整理，黄正琯等参与采访。原载凌绍崇主编《百色起义·红色记忆》，广西人民出版社 2009 年版。）

附：

故乡啊，故乡

老红军战士　李志明

我十五岁那年，一个伸手不见五指的晚上，我们远街屯的几个小后生哥合计着在不告诉家人的情况下偷偷摸摸地跑到坛乐渡口，划着小船，到思林街上参加苏维埃赤卫队。不久，我们被编入红七军，去打隆安，截击鹧鸪坳。再不久转战江西、过草地、爬雪山、住延安窑洞、打日本鬼子、参加解放战争，新中国成立后我们被调入海军舰队。“弹指一挥间”，如今，我离别故乡已经四十五年了。几十年的戎马生活，我无时不梦见父母兄弟姐妹，无时不梦见家乡高高的木棉树、长长的水塘，还有那茂密的芭蕉林和扁桃树。故乡啊故乡，我心中的萦怀，我心中的爱。

一九七四年元月，杭州正是隆冬，西湖波光粼粼，天气宜人。我与家人乘坐火车离开杭州回乡探亲，一路风景如画，一路兴奋忘食，不觉已到了美丽的南宁市。南宁市高楼林立，街道宽广整齐，商业繁华，更是勾起我赶紧回乡的冲动，去感受故乡那巨大变化的脉搏。

汽车向西北方向奔驰，沿着右江左岸，顺着南宁通往百色柏油公路，穿过昔日爆发过激烈战争的山心屯和鹧鸪坳，我回到田东思林探亲。

第二次国内革命战争时期，我的故乡在右江工农群众革命活动家韦拔群等同志的领导下举办了农民讲习所，组织农民工赤卫军，传播马列主义思想。一九二九年十二月，右江苏维埃政府和中国工农红军第七军就在这里成立。

一九四九年秋，解放的炮声响彻故乡山林，未熄的右江革命星火燃烧得更加旺盛了，迎接解放的光明。

我这次回故乡探亲，脚踏实地地看到了家乡解放二十多年来翻天覆地的变化，想想过去、展望将来，不禁发自内心地感到喜悦。

春节前夕，我乘船回家，顺水筏游。展望右江两岸，木棉树高耸，芭蕉行列，杨桃独立，荔枝、龙眼丛生，青核绿叶随风摆动，仿佛向我点头微笑，我不禁赞叹：啊！美丽可爱的故乡。

年三十晚，我老家邻居家里响起了鞭炮声，出门观察，没有人下跪敬神，没有人作揖拜天，没有人念“阿弥陀佛”。不一会儿，我的侄孙和其他家人也放起鞭炮来了。大年初一，我提早起床，走走看看，各家除了忙着杀鸡、斩鸭、切肉、包粽、炒米花外，看不见相互登门、作揖拜年。年饭后没有人集会赌博，进餐时看不到猜拳酗酒的现象。孙辈玩弄鞭炮，喜气洋洋、幸福狂欢；大人放声笑语，拿着菜刀切肉斩鸡。家家户户都有丰足的粽子、米花、粉利、猪肉、鸡鸭、鱼肉、木耳……初一、初二晚上，坛乐思林两个生产大队的业余文艺宣传队来到我所在的生产队演出，电影队也来放映电影，毛泽东思想占据了昔日年关邪风恶习的阵地，贫下中农喜笑颜开，热闹地欢度一九七四年的春节。过去，劳动人民中传唱着这样的歌谣:“地主过年喜洋洋，穷人过年泪汪汪，年前租债逼得紧，年后穷人去逃荒。”如今的境况和我未参加革命时相比，已经产生了巨大的变化。

春节鞭炮刚落音，祖国大地从南到北，从东到西，在城镇、工厂、学校、农村、工地、军队，马路边、墙壁上、喇叭里、田野间，都响起了春耕生产的号角声——千军万马战天斗地，一定要把生产搞上去。“江山如此多娇”，优越的社会主义制度就这样充分表现出来了。

右江两岸，块块肥沃田地相连，道道水利渠道纵横，电话电灯线路如丝丝蛛网。在“农业学大寨”的声浪中，劈山造田、改良土壤、扩大耕种面积、发展农业机械、争取一九七四年农业更大丰收的声音，覆盖着右江水击的声响。单就思林公社，在两万九千亩稻田中就有两万两千多亩保水田以及十个水库。其中容水量一百万立方米的有两个，山塘二十三处，水轮泵抽水站二十一池，电灌站十四个。现有中型拖拉机九台，手扶拖拉机十二台，耕牛八千四百七十多头（其中能耕作者五千头左右）。一九七三年全公社粮食总产量为两千五百九十万斤，比一九七二年增产三百六十万斤。我老家两个生产队比一九七三年增产十六万斤，为有史以来粮食产量最高的一年。这两个生产队，现在除了五户旧房屋外，都是新造的砖墙或砖柱瓦房或半瓦半草房。有了手扶拖拉机、粉碎机、电动机、电动脱粒机等机器。还搞了科学种田，取得了一个又一个农业大丰收。

在思林，不少缺粮队变成了余粮队，为国家做出贡献。但他们并不满足于现状，仍在黄土坡上劈山造田，在大石山下打隧道，造水渠。在一次石山区座谈会上，一个参加打隧洞拿钢钎的小伙子和年老的计数者说，为了劈山造福，有一个在毛泽东思想红旗下成长起来的十九岁女民兵，发挥冲天干劲，挥动着八磅铁锤，一次持续不停地打了两千三百八十锤。这是群众创造历史、人民创造财富、妇女能顶半边天的见证。

在百色、田东和思林，我参观了三所大中专学校、三个中学、三个小学。眼前，浩浩荡荡的工农兵队伍正在向文化科学技术进军，使我心潮澎湃，像右江奔流不息。想当初，在地主军阀统治年代，数不清的贫苦儿女被排除在学校门外，望着校门生畏，看着招牌心碎，闻着书声流泪。

如今，单就思林一个公社，十多年前只有中学一所，学生五百一十一人；高中一个班，学生三十人；完小八所，学生五百二十三人；初小六十三所，学生三千零八十八人。近几年来，发展到高中学校一所，学生四百六十三人；初中五所，学生八百五十人；完小三十四所，学生四千八百九十人；初小一百零二所，学生四千八百一十九人。儿童入学率达百分之九十三点二，女孩入学率大大超过以前。试问，昔日在反动阶级统治的年代里，哪个朝代、哪个地方有过像今天毛主席共产党领导关怀下，壮族集居的右江，学校密布、书声遍地、校旗相迎？没有！没有见过，也没有听过！

近年来，田东县有一百二十四个业余文艺队，一百二十三个创作小组。工厂、生产大队、学校、机关都有业余文艺宣传队、球队组织活动，以文艺和体育的方式去丰富老百姓的精神生活。这是可喜的新生事物，这是一朵向阳盛开的鲜花。

在思林，两百五十个生产队安装了两千六百八十六只有线广播喇叭，三万八千人能经常听到北京的声音。还有六十个生产小队享受到了生活照明用电。这是右江儿女的一件大喜事，大家都说："毛主席给我们造了福！"

我参加过民兵实弹射击训练，看过民兵紧急集合，见过民兵站岗、送信，查过民兵武器，阅过民兵训练情况报告。他们在开山造田、水利建设、文艺体育活动等方面都起到了推动作用，对保卫国防、保卫家乡，进行社会主义建设更是产生了深远的影响。看到他们，我就想到右江赤卫军。他们是红七军、右江赤卫军的后代。可喜！可喜！

解放后家乡的妇女们，砸碎了封建枷锁，离开了闺房绣阁，奔向了解放道路。她们承担起了妇女能顶半边天的任务，加入了共青团和中国共产党，参加各级政权领导工作，参加农科小组活动。解放了的妇女有着无穷的战斗力量。

但是，家乡的人民也深深懂得：目前我们仍然面临很多困难，我们还很穷，因此我们必须狠抓生产、狠抓建设，使大家都富裕起来，使国家更强大起来。

临别故乡前夕，朝阳辉映，我站在革命烈士纪念碑前瞭望——厂矿烟囱高耸，拖拉机在田间奔忙，汽车在柏油公路上穿梭，地面荒山正在开垦，地下宝藏正在挖掘，田间稻苗正生长翠绿，右江正奔流不息。更美好的未来在向我们招手，美丽富饶的故乡正在前进！

（李志明作于一九七四年初春，由莫昌檀校审，原载凌绍崇主编《思林民族历史文化纵览》，广西人民出版社 2015 年版。）

重建思林街粤剧团小花絮

田东县思林街的老百姓一直以来喜爱粤剧。民国初年，思林三条街就有三个粤剧团，逢年过节都要开台演出，大有比赛的气氛。每次演出，天还没黑观众就拿凳子到台前占位置。不管刮风下雨，戏总会演完，观众戴着竹笠也要看完。“文化大革命”中，粤剧团被当作“封、资、修”撤销。1977 年秋，思林街部分干部群众提出要重建粤剧团，那时我是思林公社的文教委员，我支持这个建议。

“代唱我也要上”

思林街在 1977 年以前的十几年内，文艺都未有什么发展，更没人唱粤剧。因此，要重建粤剧团，起初只能靠唱过粤剧的几个老艺人——唐尧帮、叶添寿、姜明、细孟（艺名）。但是，他们唱腔滞气，板调走样，怎么办？剧团后来聘请了青年演员陈明霞、李雪梅进团，学习粤剧唱段。令人惊喜的是，她们学得很快，《滚花》《减字芙蓉》《反线二王》等曲唱得不错。

剧团决定排练著名剧目《搜书院》，由细孟扮演花旦翠莲，文生由唐尧帮扮演。细孟年近六十，患有老年性支气管炎，身段、脸型还可以，但一开口唱便上气不接下气，严重跑调。她不服气，加班加点地排练，但情况不大理想。

中秋节快到了，《搜书院》要和观众见面了，剧团有些人提出细孟唱腔不好，可以采取幕后代唱的办法，但有些人反对，说这是作假。细孟知道后，伤心地对剧团领导说："代唱我也要上，请大家考验我！"

戏台搭在中山街街心，那晚大幕未开，台下观众已经爆满，有人喊出："细孟加油！""细孟，我们支持你！"后来，细孟不知道从哪里来的劲，唱腔圆滑，情感自然深厚，形象生动感人，根本不需要幕后代唱，博得台下阵阵掌声。

"鼓不要掌得太密"

一台粤剧演出是由演员表演和鼓乐构成的。叶添寿过去是思林街有名的粤剧鼓手，没有他开不了场。这人脑子灵，手脚快，打起鼓来激情洋溢，点击快密，老演员总是跟不上节奏，有时就骂起来了。叶添寿每次都很有耐心地向他们解释道，鼓点快慢是根据剧情和唱腔来的，关键是演员年纪大了，有时难免跟不上。于是，每次排练时，他都会对一些老演员个别辅导。从念白到唱腔，从动作到表情，让他们逐步适应节奏，跟上剧情变化。但人老后，说唱都慢，要提速就得加紧训练。于是，老演员们除了排练时间，早晚都在自家后园努力运气练声，不久，就都符合要求，再不埋怨鼓点太密跟不上了。叶添寿感叹道：“人老了，只要加强锻炼，什么都可以改变，包括健康，哈哈！”

“不要丢鸡笼上戏台”

周柏是田东县平马镇人，曾任平马镇革委会副主任，后调任思林公社革委会副主任，向来是文艺积极分子。有一天，周柏在文教委员的陪同下到思林粤剧团观看排练，高兴之余提议到县城平马镇演出，并点剧目《搜书院》。

周柏的建议让剧团上下又喜又忧，喜的是这是一件光荣的事，忧的是演出若有闪失，将永难抬头。但无论如何，剧团都要加班加点地排练，尽量把戏演好。平马镇文艺繁荣，艺人辈出，干部群众谙熟粤剧。但他们有个习惯，来演出的剧团，如有人认为演得不好，便把鸡笼丢到戏台上。这一习惯让大家压力很大。

周柏早预料到剧团的担忧所在，于是专门到剧团开动员会，说他将利用去县里开会的机会，到平马镇街道和剧团去做工作，铲除这种陋习。文艺本身就要互相交流，只有取长补短，才能共同繁荣和发展。

那年重阳节，思林街粤剧团到县城平马镇演出，演出地点是县工会广场。宽阔的舞台和众多的观众席，热情友好的观众和平马镇领导的关怀，让大家激动不已。锣鼓咚咚声、二胡声，灯光闪闪中，演出开始了。台上一声［反线二王］的“方才听你，念诗篇”，博得阵阵掌声，曲调一转“风筝随风漂泊，可怜我翠莲苦命”又让观众情绪低沉。台上台下心气相连，气氛很快达到高潮。演出成功了，平马镇粤剧团受到了当地人设宴招待，这在当地还是首次呢！

以店养团保生存

思林街粤剧团是民间自发的组织，没有政府的经费投入，剧团演出需要的道具、布景、服装以及活动经费全是剧团人员自己筹措。为了让剧团能长期正常运行，剧团领导提出开一家米粉店，以店养团。征得街委和公社同意后，米粉店如期开业。当时国家实行计划经济，所有经营都由供销社包揽。不久供销社就此事状告米粉店，闹得沸沸扬扬。公社领导专门开会讨论并派宣传委员卢建新前往县政府和县供销社解决此事。卢建新马上申明，米粉店不是私人所有，而是集体所有，是剧团赖以生存的基础。最后上级领导以“不支持也不反对”的态度，让米粉店能继续经营，剧团也才保证了足够的经费。不久之后，国家实行改革开放，大家都说：“这或许是改革开放的前奏曲吧！”

思林公社逸事

1970年至1984年，我在思林公社任职，其间，思林公社换了七位党委书记，平均每两年换一位。

“高粱世界”

右江横穿思林公社，这里除了右江河谷是平地外，其余两侧都是石山群，在那里生活的思林人民千百年来都吃玉米、红薯，且每年只能自给三个月。如果谁想吃白米粥，须到思林街上去买。因太穷，有些家庭一年吃不上几顿白米粥。思林公社作为基层政权单位，不管哪一任党委书记，首先要考虑的都是人民群众的吃饭问题。

党委书记农书记，50岁左右，一头西装发，身穿灰色中山装，看上去很有自信。有一天，他在新华书店发现一本介绍高粱种植的小册子，心动之余买下并认真研读。不久，他主持召开公社干部会议，决定在两侧石山群大力种植高粱，为了宣传效果，称之为“高粱世界”。接着又召开大队和生产队干部大会，强调高粱耐旱、不求肥料、产量高等特点，要求社员一定要种植，要把“高粱世界”建起来。此时大家都没有见过也没有吃过高粱，因此没有人反对农书记这种雷厉风行的做法。

夜里，公社党委和管委开会讨论“高粱世界”问题。大家认为农书记的想法是好的，目的是尽快解决两侧石山群人民的吃饭问题，但是他没有考虑群众长期的饮食习惯和群众实际生活所需。最后决定先搞试点，地点为林秀大队。

按照会议决定，公社成立“种植高粱技术指导小组”，进驻林秀大队。小组成员很快就选好土地，外出参观学习，并购买了种子，按季节种上了高粱。到了秋天，高粱长势很好，每穗都沉甸甸的，获得了丰收。

农书记满面春风，立刻安排厨房煮了两大箩筐的高粱窝窝头，请大队和生产队干部来尝尝，结果大家都说：“不习惯，咽不下。”因此，也就卖不出多少。事后，农书记集中大家开会，大家都说：“我们不吃高粱，种高粱有什么用？”你一句我一句，“高粱世界”就这样成了泡影。后来农书记总结说：“不管做什么事情，必须因地制宜，想群众之所想，做群众之所需，事情才能办好。”

“老鼠咬的”

连书记原是思林中学教师，中山大学哲学系毕业，是一介书生。他被任命为思林公社党委书记时，心情倒是很平静。但他主观上太过自信，甚至认为自己所做的事情都是对的。“哲学嘛，掌握人类和自然规律，哪错得了！”这是他常说的一句话。

连书记蹲点于坛乐大队。该大队位于右江河谷，有一片平展展的良田，水稻长势喜人。七月初，谷穗勾头了，层层绿色稻叶下铺排着密密麻麻的稻穗。有一天，连书记和大队党支书雷立泰去田边检查水稻后期生长情况，发现有不少稻穗落在田里，雷立泰拿起一根稻穗问道:“是不是有病虫害？”连书记马上说:“不会，这是老鼠咬的。”两人都不在意，走向别处去了。

连书记从来没见过水稻病虫灾，更不知道它的严重性——老鼠咬又有多少老鼠嘛。一天天过去了，没有采取任何措施，不久蝗虫灾害遍及全大队的稻田，那年坛乐大队粮食减产了。

经过这次惨痛的教训，连书记开始自学农业生产知识。他先到新华书店购买了十多本农业知识书籍，不论开会或下乡都带在身边。他还拜老农为师，在坛乐大队和两个老农交朋友，定期不定期地和他们交流农业生产问题。他还经常邀请县农业局或农业推广站的专家来公社讲课，光听课笔记就有两大本。

经过一年多的学习与实践，连书记掌握了农业生产知识和技能，工作起来得心应手，后来他带领群众上山开荒种花生，大搞“地下油库”，取得了很好的成绩。

父亲的愿望

父亲已经离开28年了，但他生前的两个愿望，我们都未能实现，真对不住他。

父亲年轻时被国民党抓壮丁。当载着新兵的卡车开到湖南地界时，他找机会逃走了，一路讨饭回家。差不多到家时，他心想："不行，回去后被保长看见了又要抓去。"于是一直在龙州崇左一带流浪，直到家乡解放那天才回家。后来，因为家里穷，土改时被划为贫雇农，农业合作化时当上了合作社社长。斗大的字不识一个，只能把希望寄托在儿女们的身上了。

1964年我大学毕业，父亲积极支持我响应党中央的号召，到"老少边山穷"的地方去工作。为了不影响我，他一直不愿跟我一起生活。时间在飞驰，转眼间父亲已踏入暮年，我想接他和母亲到百色来，父亲却怕我工资低、房子小、负担重，便想了个主意："两个轮流去。"后来我发现，母亲来时穿的那件毛线衣，父亲来时也穿着。当我问及此事，他说："我希望能有一件长毛皮衣，穿来暖，那样你母亲就可以自己穿那件毛线衣了。"

那时候国家实行计划经济，市面东西奇缺，样样都要凭票购买。我到商店和集市去找，根本就没有长毛皮衣卖，只好自己做。我托朋友找果子狸皮，弄了一年才拿到一张，拿回来后自己又不大会加工，拖了好多年，长毛皮衣还是没有做成，毛线衣父母仍然轮流穿。

父亲性格开朗，平时爱看文艺表演、爱听音乐，关心国家大事和社会新闻，但当时通信不发达，没有电视，只能靠收音机听广播。在家乡时，他买了一台十几块的二手收音机，人走到哪里收音机就带到哪里。但收音机功率小、频率不多、收音效果较差，这令他十分恼火，很想买一台好的收音机。他为此也曾几次到商店去看过，最后选定了一台 48 元的。但当时我手头钱不够，告诉他我得下个月拿到工资再买。然而他还没等到我发工资就回老家了。不久，我到南宁出差的时候，他从乡下来看我，我看他脸色不大对，于是给了他一些钱，希望他去看医生，再买一台好一点的收音机。谁料没过多久，弟弟就打电报来说，父亲吐血，在南宁红十字医院抢救。我连夜乘车回去，他一见到我就说："收音机还没有买。"我安慰他说："不要紧，等你病好了，我买给你。"第二天清晨，他病情加重，休克后再也醒不过来了，我们哭得死去活来。

父亲去世后，我把父亲的两个愿望说给五弟听。五弟长期生活在乡下，熟悉家乡的风俗习惯，便叫我去买长毛皮衣和收音机，说可以三月三扫墓时烧给父亲。后来我去西安出差，在商店里买到了一件正宗的长羊毛皮衣，回到百色后又买了一台收音机。扫墓那天我在墓前点燃了羊毛皮衣，羊毛皮衣慢慢燃起来。收音机不能烧，便在墓旁挖个洞埋下，露出天线。我跪着对他说：“父亲啊，儿子不孝，长毛皮衣和收音机给您买得太迟了。”突然一阵风吹过来，我知道，他收到了。当我们离开墓地时，还能感觉到收音机正传出美妙的声音呢。

天井示范地

思林公社占地面积不大，布局似北京四合院。四周为房屋，中间是天井。这五分天井地，像是公社风雨表，留下了深深的时代烙印。

20 世纪 70 年代初，天井是一片三合土空地，旁边横放着两条长长的清代石柱，一块清代刻字的大石板。公社三级干部大会和机关干部会议常在这里召开，晚上也有人在这里纳凉聊天，是消息的集散地。

之后，公社新来了一个党委书记。当时田东县正新建大型糖厂，为了满足糖厂对原材料的需求，县委建了三大甘蔗农场，并大力发动群众种植甘蔗。这位新书记在天井内转了几圈，又坐在石板上思考了几回，最后决定利用天井的地利建甘蔗种植示范地，由农业推广站提供技术援助。不久，甘蔗长势很好，收获时估算亩产多达 6 吨。之后的一段时间里，公社大小会议上大家都积极推广甘蔗种植，全公社的甘蔗种植面积连年攀升。有人曾问过公社书记："为什么示范地不在生产队做，反而要在这小小的天井呢？" 书记解释说："小小天井好，群众出入公社办事，大会小会在公社召开，容易宣传推广、快速见效，况且充分利用闲散土地也是我们推广的方向啊！”

过了六七年，天井示范地换了另一种作物，那时国家政策已有了改变，鼓励我们在保证粮食生产的同时发展多种种植经营。思林荒山多，气候温和，雨量充沛，适宜种植柑果。党委书记找到了农业推广站负责人，咨询种植柑果的技术，并告诉他：柑果要用优良品种，要嫁接苗，第二年要挂果。经过一番努力，天井终于种上了60棵柑果树。为了保证长势好，挂果多，公社干部还实行了承包管理制。收获期到了，天井一片片绿叶下挂满了密密的金光闪闪的柑果，人见人爱，凡到公社开会的大小队干部都能尝到这些柑果的甜蜜，大家也都表示回去后要积极利用荒山和闲散土地种植柑果，要山山绿、处处香。我也很高兴，这是我第一次亲手种果并得到收获啊，我多么希望生活永远像柑果那样甜蜜！

不久后，全公社实行家庭承包责任制。不知怎的，天井示范地的柑果没人理了。天井慢慢长出野草，果树慢慢衰老，最后一个果都不结了。其间也有人建议种芒果树或芭蕉树，但大家的兴趣已转移到了大山大地上。

又过了好多年，从县机关调来的党委书记带领公社全体干部清理天井，提出要继续展示天井的示范意义，准备在天井正中挖个池塘，种莲藕、养鱼。他说：“莲叶绿且大，象征人生命不息、战斗不止，荷花洁白无尘，象征我们干部永远清廉，全心全意为人民服务。”

党委书记的提议很快得到落实，后来，人们走进公社，首先看到的就是绿色的荷叶，洁白得一尘不染的荷花和活泼跳动的金鱼，心中燃起的是一股爱国热情，涌起的是对党和政府的无限信任。

曾经的那些日子

也许，大家还清楚地记得1976年9月9日。

那天，伟大领袖毛主席逝世的噩耗传来，我感觉一切都窒息了。田野昏沉、高山低头、江水停流、哭声漫天，老人哭、壮年人哭、青少年哭、小孩哭。我两手发抖，哽咽无语，泪水直流。我不敢相信那是真的。

公社灯光暗淡，会议室里坐着泪流满面的公社干部职工。党委书记农秀发抹一抹眼泪说："这段时间全公社停止一切活动，我们要有秩序地安排群众吊唁毛主席。"他指定我负责组织人员设立吊唁灵堂。

根据县委指示，我连夜赶到县政府开会，听取县领导统一布置灵堂事宜，要求十分严格，不准有任何差错。

听完后，我连夜赶回公社，汇报后立即布置灵堂，保证在天亮以前完成任务。

灵堂设在公社电影院，电影院有一个大舞台，前面是一片空地，正符合要求。我把参加布置的人员分三个小组，第一小组负责灵堂的布置，如用白布做后幕，挂遗像，安排鲜花台；

第二小组负责堂前横额两侧的布幔和白花白字；第三小组负责物资调配以及准备全天连续不断的哀乐。

天还没有亮，前来吊唁的群众已在灵堂外排队，有的跪着，有的站着，还有的双手捂脸哭泣。

丰马大队离公社所在地最远。在党支书的带领下，群众带水和干粮连夜步行。但有些人因悲伤过度，一到灵堂就昏倒了。这些人由公社卫生院全体医生和护士守着，及时提供治疗，保证安全。

三百大队的瑶山群众，在家已经哭了好几回，在灵堂前更是啜泣不止。他们边哭边说毛主席对他们恩情深似海，并要求在灵堂前守灵一天一夜："在这里多待一会儿，心情就好一些。"

吊唁活动一直持续到 9 月 17 日晚，在此期间，有些大队群众来了两三次，9 月 18 日全国举行追悼大会。之前我们已重新在思林中学操场布置会场，规格按灵堂一样，灵堂不能撤，所以我们又连夜安排。

中央追悼大会和地方追悼大会是统一的，因为当时还没有电视转播，只能收听。收听的时候，追悼大会开多久，思林群众就哭多久，真是哭声震山崩，泪水汇成河。

不久，公社党委接到县委通知，说自治区拟在我县找两棵山黄皮树送去北京毛主席纪念堂周围种植，公社党委便把这个任务交给了我。第二天一早，我带两个同事步行三小时到林秀大队，找了一天未果，后来又跑到兰芳大队，最终在龙兰生产队找到了两棵符合要求的山黄皮树。因为太激动，下山时我还摔了一跤。

之后的十年间，我曾两次出差去北京，每次都会去毛主席纪念堂瞻仰遗容，但并没有在纪念堂附近发现这两棵山黄皮树。是不是当时因山黄皮不宜在北方生长而未送去？我不知道。

恢复正常教学秩序的那些事

“文化大革命”期间，学校正常的教学秩序被彻底打破。十年后拨乱反正，学校开始恢复正常的教学秩序，从“不务正业”转到“务正业”也是很不容易的事。

学校工作重点要转移

思林中学是一所老牌中学，“文化大革命”期间一度停课，参加社会革命，后来被撤销到坡塘和定广去办新校，后因为各种原因又回到原址。但也不上课，天天组织师生参与政治活动，办农场或去支农。当时我就和一些老师提出：“学校不上课算什么学校。”

1977年年底，思林大队掀起“农业学大寨”高潮，把一个偌大的山削平一半造50亩“望天田”。思林中学数百个学生和老师全部参加，成为开山造田的主要劳动力，白天干、晚上干，连续几个星期不休息。那时我刚任公社文教干事兼教育组组长，看在眼里，痛在心上。有一天我到思林中学找米校长，对他说：

“该把学校工作重点转到教学上来了。”米校长早就有这种想法，但又怕上级怪罪下来担当不起，他答应我晚上召开教师会议，专门讨论这个问题，请我参加。

会议室电灯通明，当米校长说明会议内容后，大家议论纷纷。有些人说，“文化大革命”结束了，学校应该正常上课了。学生来学校目的是学习知识，教师的职责是向学生传授知识，不上课就是误人子弟，国家建设急需人才，作为进行基础教育的学校不上课，人才怎么出得来？又有些人说，不到社会去锻炼，不关心国家大事，“农业学大寨”也不参加，这种人才是合格的吗？还有一些人说，参加社会活动就不能正常上课，正常上课就不能参加社会活动，两者不能兼得。你一言我一语，十分热闹，我插口说：“这些问题过去已经争论很久了，大家心中都有一杆秤，现在形势发展了，我们要跟上形势，把学校的工作重点转移到教学上来！”最终，米校长下定决心：“认识问题可以在实践中加以认识，现在关键是干。从下周起，教务处要把各班上课表安排好，发放课本和教材，老师们全力上好课！”

后来经了解才知道，部分教师不愿恢复正常教学秩序有多方面的原因。一个英语教师在县进修学校只培训了三个月的英语，现任初中英语教师，连英语字母的读音都读不准，学生很有意见，所以很怕上课。另一个数学教师，虽然有相关的高学历，但他在校外开荒种菜，每天早上穿短裤，打赤膊，挑着一桶桶粪便，经过教室前面到菜地去，学生很反感，同事们都说他无心教学。还有一些教师因上课就得去兢兢业业地备课、辅导、改作业，因此怕辛苦不想上课。

经过一番整顿，思林中学教学正常化了，公社教育组也推广了这一经验，很快，全公社 3 所初中 21 所完小 109 个教学点均恢复了正常的教学秩序。

考试排名要公布

1977 年秋季，公社教育组决定从本学期开始全公社中小学实行统考，统一命题、统一评卷、统一登分，监考员由教育组统一调配。政策公布后，一石激起千层浪。

坡塘初中领导班子决定对全校教师的教学能力和效果重新评估，对那些不符合教学要求的教师进行调整，另外安排工作。对符合教学要求的教师安排自学，使其提高教学能力。某些课教师不够，学校领导主动请求教育组和县教育局进行人员调配，让教学秩序正常化。原来有些教师很少下班辅导，也很少布置作业，现在也都紧张起来了。

兰芳大队地域广，教学点分散，马校长平时很少下去检查指导，这一决定下达后，他说不下去不行了。果然，马校长一下去，就发现有些教师上课质量不高。对于上课能力欠缺的老师，他亲身示范；对于上课不正常的教师，马校长立即令其改正，并通报全校。

三百小学有部分教学点在瑶山上。瑶山的教育水平较为滞后，周校长为了加强瑶山教学点的教学工作，亲自带山下老师上山帮教，还组织瑶山教学点的教师办培训班，深入瑶寨给学生补课。

正当各中小学逐渐恢复正常教学的时候，教育组决定公开期考成绩排名。即各学校必须把排名榜贴在校门外，让广大师生和家长知道。照理来说，这是一个以竞争的方式相互促进的好办法。但通知下达后，各学校反响很大。

良坡小学教师说，他们是边远山区，教育资源缺乏，教学点分散，不便集中管理。教学质量较差，排名肯定不占优势。那样的话，教师受到打击，学生的积极性也难以调动，可能出现越排名越差的现象。

内油小学教师反映，他们学校教师队伍结构不合理，民办教师比公办教师多，教学水平参差不平，与其他学校比并无优势。

林秀小学教师也说，他们大队贫穷落后，学生文化知识底子薄，加上学生大都家庭困难，教师怎么努力也赶不上其他学校。

为了提高认知，消除顾虑，教育组召开各校校长和教导主任联席会议，会上各人畅所欲言，充分发表了自己的意见。坛乐小学的教导主任一针见血地指出，公开排名是一件好事，它能进一步提高教学管理和教学质量。至于条件比较差的学校，公开排名能激发师生不服输的精神，这种精神可促使他们采取一切措施改变现状。我们不能只看第一、第二、第三名，应该看到自己。自己和自己比，本学期自己提高了多少名，退后了多少名？本学期各科成绩提高了还是退步了？总分怎么样？平均分怎么样？这样分析，正能量就出来了。至于条件比较好的学校，这样对比分析，更能进一步提高自身实力。教育要发展，创新是动力。他的一席话，消除了很多人的顾虑，让这一决定能顺利推进，最终成功促进了教学质量的提高。

“三课”活动深入发展

“三课”即公开课、示范课、研究课。开展“三课”活动，有助于提高教师教学能力和教学质量。教育组拟在思林小学首先开展这项活动，然后推广至全公社中小学校。

思林小学的阮校长从事了三十多年的教育工作，对“三课”活动十分重视。他支持教育组的意见，在半个月内深入课堂，先后听了 20 多名教师的课，还利用晚上的时间召开教师座谈会，最后决定由雷琼西老师负责上公开课。

雷琼西是青年教师，刚接受公开课任务的时候是有顾虑的，她认为思林小学经验丰富的老师多，如果课上不好就会出丑。阮校长觉察到她的顾虑，便与她促膝谈心，一边肯定她的优点，一边说明培养青年教师的重要性。打消她的顾虑后，阮校长又和她一道研究公开课的教学方法。最后，他们选定五年级的《鹌鹑》为课程内容，以启发式教学方式讲解文中母爱和感恩的主题，课堂练习是用课文里几个关键词写短句短语。

上公开课那天，县教育局和公社各中小学代表都来了。上课时雷老师教态自然，语音清晰，师生互动得体，课堂十分活跃，非常成功。听课教师分组讨论时，也都称赞雷老师公开课上得好，表示回去后要向她学习，把课上好。公社教育组长在总结会上说：“如果全公社能培养出几个乃至几十个像雷老师那样的教师，提高教学质量就不是幻想。希望全体教师共同努力，开创教育工作局面。”

随后思林公社掀起“三课”高潮，其中良余小学梁校长亲自带头上公开课。为了上好一堂公开课，梁校长跑到林逢小学老同学那里听课，这位老同学是县先进教师，上课经验丰富，回来后，他又在本校征求几位老教师的意见。因备课充分，公开课很精彩。后来，英竹小学的15名教师都报名上公开课，校领导尊重大家意愿，一学期内让所有报了名的教师都能有机会上公开课。

思林教师棒棒棒

右江穿过思林公社，河谷一带是平原，经济文化比较发达，两边是山区，各方面都比较落后。平原一带当教师的人多，两边山区当教师的人很少。为了教育的均衡发展，必须从平原调配部分教师去山区工作。

龙冲大队石山林立，各个学校深埋在石山与石山之间的峡谷里，缺少耕地，村民极为贫困。大队设有一个中心小学、7个教学点，共有15位教师，其中有9个本地人、6个外地人。他们与村民同甘共苦，每周回家一次，主要是拿些米和青菜，不然，就得天天吃玉米粥或炒黄豆。此外，要是一个月不下雨，教师就要轮流到10公里外的同梅大队去挑水。因为全是石山小路，来回要四个多小时。有一次，我和公社党委书记唐书记到龙冲大队检查工作，晚上龙冲小学教师请我们和几个大队干部吃饭，饭是玉米粥，菜是狗肉。教师们告诉我们，这只狗是自养的，杀这只狗包括煺毛、去下水、洗净和煮只用一桶水，这些天不下雨，他们只剩一桶水了。席间，唐书记问几个外地教师："这里这么艰苦，你们安不安心？"他们异口同声地回答："安心！我们喜欢山区的孩子，教育他们是我们的天职，再苦再累我们也心甘情愿。"离开学校时我告诉唐书记，坐在旁边的阮老师，已经在这里任教20多年了，去年教育组想调他离开，他却说离不开山区的这些孩子。唐书记很感动，走远了还回头看看，感叹道："以后我们多多关心他们吧！"

三百大队的瑶族群众，生活比龙冲更艰苦。那里的瑶族教师只有两人，其余都是壮族教师，还缺额。教育组将家住坛乐大队的张老师调到瑶山，他二话没说，第二天便到岗。坛乐大队离学校20多公里，要爬三座大山，中间还要过一条右江，年近50岁的他，真的有点吃不消。一个星期六的下午，他上完最后一节课，回到家时月亮已经升上山，第二天中午又得回学校。其时正逢刮风下雨，但他披上雨衣穿上凉鞋，照常出门。一路上，他带的大米被淋湿了，带的青菜蹚沟时掉了，石山路又窄又滑让他喘不过气来，无奈手脚并用，到学校时已是半夜，他全身湿透，又冷又饿，一倒在床上到天亮都不醒。上课时间到了，他拖着瘸腿走进教室，还是那样乐观。

永不忘却的两个辅导员

思林公社教育组有两位辅导员，他们勤勤恳恳，任劳任怨，一心扑在教育事业上，深受教师们敬佩。

梁明案，坛乐大队人，是教育组成员兼坡塘学区辅导员。他家庭很困难，两个小孩子都患有慢性病，然而他很少回家，星期天还在学区或教育组工作。有一年，他小儿子病重住院，长达十几天，他却只去看了他两个多小时。有人对此不解，他只说，工作要紧。

黄国卿，英竹大队人，是教育组成员兼定广学区辅导员。定广学区离英竹大队 15 公里，中间又隔一条右江，路不好走。教育组曾想把他调到离家近一点的学区，可他不愿意，说：“都要近家，那算什么教师！”那年，他小儿子刚 8 岁，和村里几个小朋友去河边玩，不慎溺水而死，他从定广学区飞快回家处理，第二天又回定广学区工作了。有人劝他在家住几天，他说：“事情已经发生了，还是工作要紧啊！”

我离开思林近 40 年，这两位辅导员以及思林教师们的事迹还深深烙印在我的脑海里。他们工作在基层，工资待遇低，生活困难，但他们为教育事业做出了巨大的贡献。有时候我真想再回去看看他们。

恰似洪流滚滚

改革开放初期，大家对“先富”还是“共同富”的争论很激烈、很热闹。图书馆根据学校的安排也组织了讨论。讨论中大家各持己见，争论不止。不过最后大家还是统一了意见：对一些问题有争论是正常的。有些问题如果不大明白，以后在实践中会明白的。

不久，学校在学习讨论的基础上，掀起“创收”高潮。

成年教育部首先举办“中师班”，在社会上招收学生。中师班不用考试和审查，报名即收，学校利用自身优势，开设语言和数学专业，聘请校内外人员担任教师，部里集中统一管理，收入按等级分配，多少不均。大家都得一点，积极性就调动起来了。我也被聘去上一个班的语文课，学期结束时分得了300元，我心想，我比别人先富300元啦。

数学系也赶上来了，他们租借民族干校教室，开办两个“职高班”，收入较为丰厚，分配原则是“谁参加管理谁得分配”，“按劳分配，多劳多得”。学期结束，有些人收入几千，有些人收入几百，有些人一文不得。据反映，这样做使教学管理更加严格了，学生能真的学到东西。

有了这两个单位的办班经验，学校的其他单位也跟上来了。物理系办“电修培训班”，政教系办“成年自考班”，历史系办“高考补习班”。更有趣的是，人事处与市委组织部联合办“干部培训班”，校办在校内开小商店，有些人三三两两合起来在街上开“电机修理店”“摩托车修理店”，一时创收洪流滚滚，热闹非凡。

全校都动起来了，图书馆怎么办？会议室里，大家出谋献策，不干也得干了。

开办音乐茶座。图书馆内有一个比较大的天井，有树有花，环境优雅，我们便利用这块场地，安装好电视机、音响，做好歌单，部分同人购置餐具、弄糕点、摆桌凳，在星期六晚上营业。一时人们蜂拥而至，座位爆满，让不熟悉业务的同人手忙脚乱，这边叫那边喊，很是热闹。馆里小陆的歌声亦是高亢洪亮，吸引了不少歌迷。然而好景不长，有读者反映，音乐茶座产生的嘈杂声影响他们阅读。为了保证图书馆的清静，我们停业了。

建立影视室。我们认为影视业务是图书馆的工作之一，图书馆馆藏了很多中外名著，它们大多被改拍成了电影或电视剧。通过观影，读者能更直接形象地感受到原著的艺术魅力，同时也节省时间。比如《红楼梦》，看原著起码要一个星期，电影则只需几个钟头便能浏览完相关故事情节。不过，看电影和电视剧是要收费的，但借书不收费。影视室开业后，很快就招来了很多观众，不少学生也反映很好。但后来我们认为，影视既然是图书馆业务范畴，就该向读者义务提供这项服务，我们不能为这点钱损害读者利益，便取消了收费。

举办大专学历班。图书馆有一位馆员，她的爱人是百色市工商局局长，我们通过他联合创办了工商大专班。学生是从各县工商局安排过来的，学制为两年，发国家承认的大专学历文凭。开始的时候很顺利，工商局负责招生和学生管理，图书馆负责教学和发证，配合得很好，后来因一些原因，该大专学历班只办一届便停了。

怎么办？图书馆还是想尽办法开展创收活动。通过全体馆员讨论，又决定办“电脑培训班”。那时，图书馆只有两台电脑供正常工作使用。为了解决电脑培训班的物资问题，图书馆全体工作人员集资购买了 10 台电脑，主要培训电脑的基础操作和打字。这方面图书馆不缺人才，有的人还是电脑能手。因为全员轮班，馆内人员要首先参加培训。当时电脑还是稀奇的东西，所以参加培训班的人很多，电脑室从早上 8 时开到晚上 11 时，还不能满足学习者的需求。然而，有时候有些学习者练习打字累了，想轻松一下便玩起游戏来，游戏玩上瘾了，打字也就不练习了，渐渐地，大家的积极性就没有这么高了。

创收是一个时期的产物，当时的国家政策允许并鼓励大家设法增加一些收入，提高生活水平，但人们对一些新的理论认识尚是不足，甚至有一些偏差，但这并不是件坏事，经一事长一智，经过实践才能锻炼人、培养人。

在芒果树下徘徊

仲夏，火辣辣的阳光直射大地，大锅似的百色盆地冒着白烟，人们即使动也不动，全身也是汗水淋漓，喘不过气来。

百色学院校园里长长的第一教学大楼背后是一个园林式的大天井，一楼左边两间教室一直供每届英语系新生使用。我从1988年秋季到1998年夏季，一直给该系新生们上《大学语文》课，见证了近千名学生的学习和成长。

第一教学大楼的两间教室前有四棵芒果树。芒果树现已长至五层楼高，枝叶密密匝匝，互相交错，互相帮扶着，在它们的树荫底下，抬头看不到一丝天空。身处其下，再炎热的天气也会一时变得清凉许多。

记得1988年10月，我给又一届新生班讲授《孔雀东南飞》一诗的“自挂东南枝”时，联系本文以梧桐树象征痛苦与悲哀以及古代统治者杀人时，总选在梧桐树纷纷落叶时的例子，引出南方的芒果树。我说，芒果树生长时间长，干直枝多，叶茂盛且常绿、果黄且甜蜜，象征着团结互助、积极向上。因此，建议在两班教室前种四棵芒果树。

同学们积极响应这个号召，很快就种上了四棵芒果树。树下，他们的一张张笑脸至今仍如在眼前。后来，四棵芒果树在众人的呵护下，长得郁郁苍苍。

一次，两班同学决定在这四棵芒果树下举行一次别开生面的英语诗歌即兴朗诵比赛。组委先将挑选好的英文诗歌放入一个个信封，参赛者报名后，组委会即安排序号，叫到序号的人上台抽信封即时朗诵，并带一名中文翻译。参赛者朗诵一句，翻译者翻译一句。流利的英语、准确的翻译，博得同学们阵阵掌声。经过英语教师点评、中文教师点评以及同学们的投票，评出第一名 1 人，第二名 2 人，第三名 3 人，此时正好一阵风吹过来，芒果树沙沙作响。

《大学语文》课一届接着一届地上下去，每一届我都会说明这四棵芒果树的来历，希望学生能把它的精神传承下去。

还是 1990 级新生，英语系招来两个残疾学生，一个姓梁，一个姓雷，都因小儿麻痹症导致两腿骨弯曲，得拿拐杖才能行动。她俩平时很孤僻，少讲话，少与同学交往，自卑无望占据了她们全部的精神。有一次我在上课，分别请她俩朗诵苏东坡的《念奴娇 · 赤壁怀古》。她俩的声音洪亮清晰，抑扬顿挫，把词里的情感都表达得淋漓尽致，我连声称好，同学们也拍手称赞。

晚自修后，我把她俩留下来。站在芒果树下，我问梁同学："你朗诵这首词时有何感受？"梁同学说："'多情应笑我'，我无法回避。"我又问雷同学："你呢？"她说："我不能与别人相比，我还是我吧！"于是我给她俩讲张海迪的故事，讲《钢铁是怎样炼成的》和《把一切献给党》的故事，希望能启发她们。随后，我参加了这个班的班干会，建议同学们主动与这两位同学交朋友，在生活和学习上关心她们，像芒果树的枝叶一样，互相扶持，共抗风雨，共追美梦。三年后她俩都以优异的成绩毕业，分配回本县教育战线工作，再不久，她俩均被评为本县优秀教育工作者。

1992级新生一班有个姓李的女同学。她身材苗条，瓜子脸、长发、皮肤白净，长着一双水灵灵的大眼睛，招人喜爱。她暗恋一位体育教师，也曾接触过几次。但这位体育教师不爱她，这使她痛苦万分，甚至一度想在芒果树上吊死。有一天她把此事告诉了我，我安慰她说："你年纪轻轻，人生的道路还很长很长，怎么能有这种想法呢，这既对不起你父母，也对不起国家的教育和培养！"说到此，我话锋一转，"芒果树是吊不死人的，因为它象征着生命和希望。"随后我带她到图书馆，为她一个阅览室一个阅览室地查阅资料，一个书库一个书库地介绍图书，引领她漫游在浩瀚的书海和无边无际的精神世界里，让她忘记痛苦的情感，接受新鲜的信息。我还跟她说，她可以利用周末和寒暑假去本地或外地旅游，感受祖国的大好河山和浓郁的民族风情，陶冶情操、锻炼意志。

前不久，该班同学在百色举办了一场聚会，会后李同学邀请我陪同她到那四棵芒果树下。她告诉我，毕业后她回玉林老家某中学任教，婚后育有一儿一女，聪明伶俐，分别上初中、高中了，爱人是国家公务员，对她非常体贴。听到这些，我心中一块大石落地了，或许这四棵芒果树时刻守护着她呢！

1997年，国家教育进行重大改革，大中专毕业生由原来国家的“包分配”改为“双向选择”，引起强烈的社会反响。英语系两个班的同学有人赞成，有人反对。为了让同学们理顺思想，明白党中央和国务院的方针政策，我决定在四棵芒果树下举行一场辩论会。辩论会设立红方和白方，每方选出三个代表在台上发言。红方观点是：双向选择是市场经济大发展的需要；白方的观点是：国家包分配是保证毕业生就业的必由之路。辩论过程中，双方各持己见，驳得面红耳赤，台下或掌声阵阵，或呼声不止。经过两个半小时的辩论，没有谁赢谁输。持有各种不同观点的同学都得以拓展见识、拓宽思维，加深对这一方针政策的理解。辩论结束，芒果树枝叶俯首微笑，默默欢送同学们回到各自的宿舍。

2001年秋天，我已退休，英语系主任和学校教务处处长商定把“大学语文”撤销，改上“阅读与写作”课。此时一位男同学偷偷爬上这四棵芒果树摘芒果吃，不慎摔了下来，头部碰到水泥地，脑浆溢出，送到医院的时候人已经死了。唉，是否这四棵芒果树有灵性，谁不敬仰它，谁不爱护它，谁损害它，谁就受到惩罚？我不封建迷信，或许只是一次偶然吧。

每年夏天，我都会有意无意地在这四棵芒果树下徘徊一次。徘徊在芒果树下，曾教导过的几百名学生的脸庞映入脑海，知道他们事业成功、生活幸福，我十分欣慰。

四十年祭

没有谁预料到你会走得这么快，真是令人痛彻心扉！1964年毕业分别后，你很少和其他同学联系，所以你走时谁也不知道。到了20世纪80年代初，很多同学想和你联系，但不知道你调到什么地方去了。有一次，几个同学聚在一起，问起你的情况，却一点消息都没有。不久，一个同学在一个亲戚家无意中提起你，她说你在平南县冶炼厂附中当过校长，后来调到梧州一中当副校长。根据这条线索，我们托人到梧州找你，得到的消息却是你已经走了十多年了。呜呼！

我们知道，你身世凄凉。日本鬼子轰炸长沙时，全城一片火海，你和父母亡命逃跑，后来只剩你一个人在废墟上号哭。此时一个国民党副官把你收留了下来，他爱人没有生育子女，便认你为义女。不久这位副官又捡回一个比你大几岁的孤儿，她后来成为你的姐姐，一家四口人，相依为命。中华人民共和国成立后，你养父母没有固定工作，生活十分艰难。你姐姐结婚后，你只能随她生活和读书。后来你考上大学，临走前一天，你姐姐无奈把你介绍给一个陌生的男人。你十分害怕地踏上大学路，在大学期间，你也曾想追求自由，但你的性格让你迈不出这一步，或许，这是你人生悲剧的重要原因。

2000年秋，我们中文系1960级的同学聚会武汉，知道你的情况后，大家万分悲痛，会餐时为你默哀、敬酒，祝你在那边天天开心，幸福美满。

我们也知道，“文化大革命”期间，你遭受了很大的苦难。因养父问题，你被划为“黑五类”，挨批斗、坐“牛棚”，加上得不到家庭的呵护，在长期压抑下患上了不治之症。虽然最后得到平反，但终是创伤难愈。

四十多年来，我们这个世界发生了天翻地覆的变化。你在时每月工资大概50元吧，如你现在还在，就能涨到七八千了。那时你吃的是“三号米”，又黄又霉，现在市场上全是优质新米，开放供应。以前鱼肉蛋凭票供应，每人每月只能分到一斤肉，现在鱼肉蛋充满市场无人买，因为大家都不想吃这些了，腻了，倒想吃野菜。你爱穿绸，那时你想买几尺绸做件衣服，找三年都买不到，现在可多啦，著名的杭州丝绸遍地摆卖，人们衣着追求新潮，可谓“日新月异”，如你还在，那该多好。

昭娣啊昭娣，你在那边要学会坚强。坚强是战胜一切困难的锐利武器，凡你认为对的美好的都要去追求，美好的东西不是靠别人给的，而是自己努力得来的。虽然我们不知道你那边什么东西是美好的，但我们相信你的眼力和智慧会准确地识别。

你还要学会享受。在人间除了折磨，你没有享受过美好的东西。你那边不是有“天堂”吗？你要尽量吃那些有营养的好东西，穿着要漂亮、要时尚，你爱唱歌跳舞，就把自己打扮打扮，与嫦娥比美。

我们多么希望你多保重，起居也要有规律。你不是有胃病吗？吃饭要按时，不能太饱，更不能饿，杏花村不要去了，酒是不能消愁的，你不是看过《百年孤独》这本书吗，不能孤芳自赏。同学们时常想念你，你那天真活泼的形象，勤奋学习、助人为乐的精神永远活在我们心中。你那边我们看不到，帮不了你什么忙，你只好自己多保重，老同学陆日初、陆益居、何清、伍美潜等都在那边，你可经常找他们聊聊天、叙叙旧，并代我们向他们致以问候和祝福。

安息吧，昭娣老同学！

忆老苏

老苏者，增模也，吾与其为友甚久矣——我与他在靖西社教试点时同是旧州工作队员，又同是学校刚毕业出来的“学生仔”。他修农我修文。他为人诚实谦虚，与人相聚开口总离不开农业，所以时有人叫他“苏农”。

旧州是一座古镇，文化体育较为发达，特别是篮球队，在全靖西鼎鼎“有名”。“四清”工作队到达不久，他们便提出与工作队进行一次篮球比赛。那时，我被选进工作队篮球队，颇为高兴。比赛前，老苏偷偷带我去镇里唯一一家米粉店的后房，只见一大碗热乎乎的肉粉放在桌子上，我说：“工作队严禁进店吃鱼、肉、蛋，我怎么能吃？”老苏说：“你参加球赛，是特殊情况，况且没人知晓，放心吧！”他不吃，只陪我，吃完后从后门溜走，比贼还“利索”，从此我俩结为挚友。

老苏在八队，全是石山，没有水田；我在二队，全是水田，没有石山。我不懂农业，更不懂水稻栽培技术。早稻插秧时，我整天和农民在田里插秧。弯着腰，退着步，还要看着行距，腰酸背痛十分难受。有一天，我把这件事告诉老苏，老苏说：“有些地方已经把插秧改为抛秧了。抛秧就是把秧苗一篼一篼地从田埂上抛到田里头，注意均匀些就可以了。”随后老苏除了搞好本队工作外，还深入二队田间，具体指导农民如何抛秧种植。农民心有顾虑，他就耐心地做他们的思想工作。老苏选了两块田做抛秧示范，又选了两块同样大的田插秧来做对比。果然，抛秧速度快，省力不劳累。等到收获时，他和农民一起分别验收，抛秧田比插秧田平均每亩增产了20%，自此，二队群众完全接受了抛秧技术。经过老苏的努力，旧州大队各生产队全面实行了抛秧技术。

靖西社教试点工作结束后，我被分配到田东县思林中学任教，老苏也被分配到田东县思林公社农业推广站工作。农业推广站是小单位，没有集体饭堂，只能自己开伙。老苏为了争取更多时间研究和推广农业技术，要求到我校搭伙。他在田间是很少注意吃饭和休息时间的，饭菜都是我打回宿舍留着，等他回来，饭菜已经凉了，但他吃得津津有味。他说：“我永远是个农民，粗茶淡饭，能填饱肚子就可以了。”

老苏到思林农业推广站不久，在县农业局的帮助下，从广东潮汕请来两个“潮汕老农”，主要任务是搞水稻杂交示范田和推广水稻杂交技术。老苏经过多方论证，选择了思林大队第五生产队作为基地。他与“潮汕老农”相处得很好，与他们“三同”（同吃、同住、同劳动），并指导第五生产队建立了农科小组，与“潮汕老农”跟班学习。老苏工作起来几乎不要命，有一次发高烧到40℃，还整天在示范田里除草耕田，一篼一篼地检查禾苗，记录它们的生长情况。我不忍心，跑到卫生院拿药送到田头给他，劝他休息，他却说：“我的身体不要紧，要紧的是田里的禾苗。”经过三年的努力，老苏终于在右江河谷的坛乐大队、百笔大队、良余大队及思林大队推广了水稻良种和水稻杂交技术。自此，思林公社粮食产量连年递增，不仅保证了自足，还为国家做出了重要贡献。

20世纪70年代末80年代初，祖国大地春雷响，老苏意识到国家将要发生翻天覆地的变化了，农村旧的产业结构将要变得丰富多样，人民群众的生活水平也将飞速提高。他脑子里整天想的是，如何在抓好粮食生产的同时，加快农村多种经营的发展。有一次，他在公社三级干部大会上提出“农村要多种经营，农产品要商品化”的观点，受到了不少人的质疑，说这是“资本主义”。老苏知道，要改变人们以往的习惯与观念，短时间内是不可能的，只能通过事实来证明。那年春节，他回武鸣探亲，便带领家人和亲戚学习党的改革开放政策，发动大家利用房前屋后、山坡荒地，种上龙眼树和菠萝。一年后菠萝获得了大丰收，龙眼树枝叶繁茂，亲人袋里也有了钱。老苏以这一事实教育了思林公社干部群众，有力推动了家庭联产承包责任制的落实和市场经济的形成。

老苏调到田东县农业局后，仍任农业局下属的农业推广站站长。此时改革开放进入了深水区，老苏和站里几位同事一道，在深入村村屯屯，了解农民生产生活后，因地制宜地策划和协助建立了三个芒果基地和两个香蕉基地，把扶贫脱贫提到议事日程上来。不久，田东县政府充分发动群众种植芒果和香蕉，让当地成为全国有名的“芒果之乡”，香蕉也是肉嫩清甜，很快被推销到了北京、上海、西安，形成了完善的产销链，有力地促进了当地的经济发展。

老苏在县农业推广站工作的时候，还完成了具有重大意义的全县土壤普查项目。

土壤是一切植物包括农作物生长的母体，是农作物生长的必要条件。掌握土壤种类、成分、性质、结构和所含元素，对土壤与人类的生存起到了极为重要的作用。这一点，老苏的认识是很深刻的。他为此做了如下工作：制订土壤普查方案——不漏查，要全覆盖；培训普查干部——技术科学精深；整理资料绘图纸——齐全精确清晰；测定使用化肥——适合无差错；建议适种的农作物——保证年年丰收。老苏与其团队在两年的时间里日以继夜地工作：头戴竹笠，身披雨衣，翻山越岭，穿林串垌，飞溪过河；烈日当头，风雨无阻，野果充饥；夜阑灯明，细描图纸，撰写资料；字字有声，笔笔情深，造福万代。

老苏的精神与功绩，苍天可鉴。那年他被评为地区科技先进工作者，荣获地方政府津贴，然而因个性耿直，40 年来一直是个小小芝麻官——农业推广站站长。

不久前，老苏由于长年劳累，疾病频生，在田东无亲人照料，被儿子苏杰送回武鸣就医。愈后转业，我和朋友们再去看望他，他却认不出我们了。2016 年 11 月 11 日，未到冬天，老苏便撒手西去，与亲人朋友隔绝，享年七十七，呜呼，痛哉！悲哉！

老苏，愿你一路走好，我们是一生一世的朋友，我会时刻思念你的。

思念挚友卢雄维

雄维挚友，你走时，我在远地，没人告诉我，所以不能送你一程，每想到这，心里很不是滋味。

回想起来，我第一次与你相识是在教育局召开的“八大金刚”（八个公社文教干事）会议上，你以《尊重人才，依靠教师，拨乱反正，把主要精力集中到教学上来》为题发言。那时刚刚粉碎“四人帮”，我真佩服你的胆识和能力。散会后我们都称呼你为“哥维”，表示对你的尊敬和爱戴。

不久，教育改革，学校实行校长责任制，大部分“革委会”领导干部被撤职，包括思林公社的30多名领导干部。其中，有几人在被撤职后整天闹事，我真有点害怕。你知道后，积极支持我，并亲自到思林来处理这些事，使教育步入正轨。我感激你，想请你吃餐饭，但你却婉言拒绝，现在想来还很遗憾。

雄维挚友，你的一生都在为教师争取权益而辛勤工作，你的这颗“教师心”我们是永远不会忘记的。记得粉碎“四人帮”后，你为近百名背负冤假错案的教师进行平反，费尽了心血。比如，我爱人原是小学教师，“四清”运动时，工作队犯路线错误，以“社会关系复杂”为由把她调到供销社，“处遗”时，你知道此事，立即深入调查取证，很快平反。不幸的是，你却因一些其他的问题被调到田东县图书馆。你不计较个人得失，还是那样默默无言、努力工作。为了增加图书设备，提高读者服务质量，你里里外外、上上下下，苦口婆心地争取经费和赞助。你头发白了，身体瘦了，朋友们劝你休息，你却说：“生命不息，战斗不止。”

在图书馆工作期间，你做了一件很了不起的事情。你凭着对邓小平的敬爱，对中国特色社会主义道路的信念，用近三年时间完成《邓小平文选》毛笔书法手抄本，倾尽了你的精力。用“老骥伏枥，志在千里”来形容你并不为过。

朋友告诉我，为了选择好的毛笔和宣纸，你曾几次跑到广州和杭州，一下子买回 6 捆宣纸和 200 支毛笔。为了保证书写规范划一，你还用一年的时间练习。正式书写时，你力求不错一个字、一个标点符号，否则就重写，废去的宣纸就有五大箩。你日以继夜地抄写，有时天亮，来不及吃早餐就去上班了。《邓小平文选》毛笔书法手抄本凝聚着你的心血，展现了你的艺术造诣，已成为无价之宝。

雄维挚友呀，你走后我们无时不想念你，望你在那边天天快乐、日日开心。我补送你一副对联吧，上联：“幡飘水涟亲朋好友痛哭，哭哭哭！”下联：“音容笑貌风范成就永存，存存存！”

安息吧，你太累了，雄维挚友！

堂妹丽娥

堂妹丽娥去世的噩耗传来的时候，我正在家中阳台观赏凋谢的盆花。凉风习习，阵阵心痛。我脑子里一直浮现着她那善良可爱的鲜活形象，想驱赶也驱赶不走。我不知道人间是否有可以痛诉情感的地方。

丽娥小我两岁，她的曾祖父与我的曾祖父是同胞兄弟。小时候，我们两家住在一座清代三开间庭院式房子里。她家住在下屋，我家住在上屋。她父亲青年时在外面打工，在打工的地方结婚后生了她。她没有同胞兄弟姐妹，全家人也很少回老家，后来也就很少有人知道他们的存在，我也是去南宁读初中才见到他们。丽娥长着一张瓜子脸，皮肤白里透红，还有一双水灵灵的眼睛，齐耳发，身材苗条，笑起来嘴边有两个深深的酒窝。她初中未毕业便到南宁电子厂当工人，被誉为“厂花”，但她没有丝毫娇气，颇能吃苦。20 世纪 50 年代末，电子厂建立干电池车间。当年上级下达的任务颇重，为了完成任务，丽娥建议全车间人员加班加点，并带头搬到厂里去住。经过三个月的努力奋战，干电池车间基本建成。年终总结会上，全车间人员都戴上了大红花。有一天深夜十二点，她在轮休回宿舍的路上，发现污水管道破裂，污水直流，她二话未说，便跑到宿舍拿锄头、洋铲挖沟排水，又打电话给厂总务处，及时处理。事情处理完后，她才发现自己已是全身湿透，一身臭气。

丽娥父母曾在扶绥驮芦做生意，在那里与一个姓胡的认“老同”。胡家有一子，名叫大海，比丽娥大两岁，两人是青梅竹马，后来结了婚，不久生下一女。

1959年秋，大海考上了上海的一所名牌大学。丽娥很高兴，每月发的24元工资都会抽出10元寄给他。在长长的思念中，丽娥苦苦地等待大海的归来。

大海大学毕业后回来过，带来的却是坏消息。他说要和她离婚，因为他已经和同校的一位女同学结婚了。他还说:“我在简历上隐瞒了婚史，我们要偷偷地离婚，上海离这里远，谁都不会知道的。”

丽娥听闻这事，哭得死去活来，晕倒在地。家人和朋友劝她状告大海，丽娥却想:“我希望大海能幸福，如果我告了他，那就会毁了他。我只能把对他的爱深深地埋在自己心底，尽管是一辈子。”她对父母说:“我永远爱大海，我不会告他，也不会惊动任何人。”

三年过去了，因在失去爱情的痛苦之中挣扎，失落与寂寞不断刺激、碰撞，丽娥患上了精神病。她整天沉默寡言，躺在床上就喊“大海”。母亲为了治她的病，到处寻医问药。不想屋漏偏逢连夜雨，父亲因一时不慎被机器压死，好端端的一个家庭就这样破碎了。

父亲死后，丽娥因病被迫辞工，家庭生活只靠社会低保维持。女儿晓梅失去父爱和母爱，早早就去帮人摆地摊卖衣服了。

丽娥的精神病持续发作，老母亲只好天天流泪陪伴她。为了让丽娥的心情平静些，母亲每餐饭都偷偷把安定药粉放在饭里，骗她吃下。丽娥知道自己的病，但不想吃药，她怕清醒后更痛苦。

丽娥在南宁电子厂工作时，有一位当时还没成家的青年小伙子很喜欢她，虽然清楚丽娥患有精神病，但还是向她求婚。不想求婚时碰上丽娥发病，反打了小伙子几巴掌，小伙子就此死了心。

春风吹、春雨来，改革开放的号角响彻祖国大地。经济发展了，医学也发展了，然而丽娥的母亲却病逝了，死时也不闭眼，她不知道这辈子犯了什么“天条”，遭到了如此多的罪。

一天清晨，丽娥脑子似乎清醒多了。此时正是春暖花开之际，她让女儿晓梅陪她去人民公园走走。晓梅见母亲精神好，十分高兴。

母女两人从人民公园正门进入，仰望镇宁炮台，沿着右边的林荫大道散步。到了湖边，看着九曲桥和白龙湖，丽娥有些茫然，对女儿说：“那时候还没有这些。”眼前是烈士碑前广场，女儿让她坐下休息，丽娥却似乎在寻找什么，不愿休息。爬上烈士碑石阶后，在松树林下的石板凳上，她轻轻地坐下了。她让女儿靠在她的胸前，告诉女儿说：“50 年前这里是我和你父亲定终身的地方，那时这里种有很多花，现在怎么没有了？”她停顿了一下，继续说：“后来你爸上了大学，环境变了，思想也变了，生活要求更变了！”

“妈，后来你为什么不去找他论理？或许他能回心转意呢！”女儿问道。

“不可能的。如果我这么做了，那边单位就知道他隐瞒婚史，欺骗组织，不仅会把他开除，他的老婆也会闹个鸡犬不宁，他还有什么幸福呢？即使他回到我们身边，我们不能满足他的需求，他又怎么能幸福呢？晓梅呀晓梅，爱一个人就是宁可牺牲自己，也要让他幸福。”

“那么，您为什么不另外追求幸福呢？”

丽娥抚摸着女儿的头，擦一擦脸上的泪水，深情地说：“爱一个人是很难改变的，我爱你爸一辈子，他永远在我心中。”这时一阵风把远方的花香吹过来，丽娥吸了两口，继续说道：“女儿啊女儿，你爸没有错，我也没有错，假如有一天我不在了，你一定去找你爸，在这人间你没有亲人了，除了你爸。”女儿泣不成声，紧紧抱着母亲：“妈妈，女儿永远需要你，不能离开你……”

家乡月更明

在家乡的侄儿耀谊通过八弟昌柳传来消息说，南宁市江南区想在智信村坛想屯开发一个旅游景点，与扬美古镇景点相连，并说政府已拨60万元下来修建屯前大塘。我这辈子没能为家乡做些什么，深为内疚，但听说家乡的发展前景，热血立即沸腾起来。

在我14岁离开家乡之前，一直生活在这片热土上。屯前那口大塘约有100亩，水深鱼肥，其右边二里处恰是左江，河水清澈。大塘前方是一大片宽广起伏的田地，中间相间隆起了三座土山，山不高，全种上桉树，郁郁葱葱。屯的左边是一条柏油公路，连接南宁和扬美古镇。这里阳光明媚，土地肥沃，雨水充沛，盛产杨桃。

10年前，扬美古镇开始开发旅游业，游客来来往往，络绎不绝。从南宁到扬美，要先经过智信。因此，从旅游线路而言，若开发完善，游客可以先去扬美，再回智信，也可以先来智信，再去扬美，十分便捷。假如扬美古镇和智信坛想景点建设完善，确实是绝佳的旅游之地。南宁至扬美仅30公里，城市人口稠密，经济发达，人们在休息时需要旅游观光、品尝佳肴、放松情绪。因此，家乡发展旅游业前景无限。

我想，智信坛想景点的地址应在南扬公路旁，即南扬公路大拐弯勒王屯对面的田野上。如果在那里开发一个100多亩的杨桃园，专门种植优质、有观赏性的杨桃。果子成熟后不仅可以满足游客需求，还可以推销至外地，甚至加工成杨桃酱、杨桃干、杨桃蜜等产品远销国内外。

杨桃园旁紧接是一片大坡地，在那里可以开发一个150亩的草莓园。可以露天，也可以搭棚，或各占一半。草莓味美，老幼皆宜，还具有很高的营养价值，观之令人愉悦。

与草莓园相邻，还可以开发一个大型的盘景花卉园，供游客游览购物，产品可以推销到南宁市。该园技术含量较高，需要聘请专门技术人员指导，同时也需要大力开拓市场，推销产品。

以上三园开发后，已接近坛想屯头了，屯头有一大片平地和几口荒芜的水塘，足够开发农家餐馆、烧烤场、停车场，大塘可钓鱼。值得一提的是，餐饮菜肴必须突出“土”字，如土鸡、土鸭、河鱼、香猪、生笋、野菜，这些食材本村或邻村都有。

春风劲吹，紧催民富，党和国家的方针政策为家乡景点建设保驾护航，在开发上考虑有三：

其一，政府投入。目前南宁市的公园及景区远远不能满足市民的需求，南宁市政府可将扬美和智信的景点开发作为公益事业投入，建成后不收门票。农产品、旅游产品、农家乐由村民自己经营，他们也可以参与管理和务工，从而获得收益。

其二，招商引资。招商引资是发展农村经济的好方法，村民可以通过土地流转、股份分红、打工等形式获取经济收入。但招商引资需要有效的宣传，有能人的积极联系和推动，方能让老板决定在此投资。

其二，集资创业。村民在自己的土地上创业已是成功了一半，若缺少资金，可以拿土地来抵押贷款。当然，此项工作较为艰巨复杂，需要有能力很强的人出来组织实施。另外，持有土地证的村民要统一思想、团结奋进、相互包容。

此外，家乡的青壮年大都外出打工，留守在家中的多是老年人和儿童，如果家乡开发旅游景点，将能吸引外出务工人员回来创业，把他们在外面学到的技能投入家乡建设中去。在家门口工作，既能挣钱，又能与家人一起享受天伦之乐，一箭双雕，何乐而不为?

家乡人民勤劳、朴实、善良，他们团结进取、不屈不挠的精神定会让家乡天更蓝、地更绿、水更清、空气更清新。贫穷落后的面貌将永远定格在过去的历史长河中，到那时候，家乡月更明，我的乡愁便成乡乐了。

在思林中学初 55 班第二次同学聚会上致辞

尊敬的农老师夫妇、黎老师，亲爱的初 55 班同学们：

暖风再度，邕城聚会，充分体现了朋友、师生间的情谊。正如很多老同学所说："比泰山还重！"

这次聚会，把我带回了五十多年前：平房教室里书声琅琅，树荫下倾听农业技术员传授农业知识，操场上奔跑跳跃，南百公路旁挖山不止，辩论会上各抒己见，饭堂里互相推让。一桩桩、一幕幕，莫不让人感到时代的变化、情感的沸腾！

在给大家上语文课时，我曾多次给大家背诵苏联作家保尔·柯察金的那段名言："人最宝贵的东西是生命，生命属于我们只有一次而已，人的一生应该怎样度过呢？当他回想往事时，不因虚度年华而悔恨，也不因碌碌无为而羞愧，这样在他临死时就能够说，我已把整个生命献给了世界上最壮烈的事业——为人类的解放而斗争！"我们已经斗争过，那是在和平时期的斗争，我们的斗争已献给了祖国和人民，献给了事业，献给了家庭和子女，更献给了自己！

我不止一次地问自己："人生在世干什么呢？"最终答案是："干自己想干的事或者自己不想干的事！"是的，人生不免有顺境或逆境，顺境时不忘乎所以，逆境时不垂头丧气，坚持就能到达彼岸，坚持就能得到自己所要的幸福，我们不正生活在幸福的海洋里吗？是的！

我们不信天命，但人生是短暂的，只是一刹那。在这一刹那中，我们上了高山、入了平原、进了峡谷，现在又从峡谷里出来了，到了平湖，见到了蓝天、见到了绿水、见到了花开，见到了一片宽阔的、平展的美好世界。我们还有什么可想，还有什么可悲？我们只能伸开双臂，呼吸那新鲜的空气，看着那大好河山，享受那如痴如醉的生活。

我总想，百年之后，在我冥冥的念想中，我不带走什么，只带走同学们的厚厚心意，只带走同学们送给我的珍贵礼品！

谢谢农老师夫妇，谢谢黎老师，谢谢初 55 班同学们。

谢谢！

漫游在《思林民族历史文化纵览》里

读完百色学院副校长凌绍崇教授主编、黄礼宽副主编的《思林民族历史文化纵览》(广西人民出版社 2015 年版，下简称《纵览》)一书，我似乎漫游在悠久丰富的思林民族历史文化长廊里，如痴如醉地享受着文化大餐。凌副(已成爱称，下同)博学多才，是一位著名的地方史志和红色文化研究专家，近年来出版的有关研究成果专著就有 16 部，平均每年 2 部。他精力之充沛、成果之丰硕令人赞叹，《走出圆圈》《民族教育新论》《思林民族历史文化纵览》被誉为“百色三部曲”，广受好评。

《纵览》从广义认识文化内涵

《纵览》的写作目的很清楚，一是让读者拓宽知识面，二是作为典藏资料传承下去。从出版的情况看，《纵览》无疑已实现了这两个目的。

什么是文化？长期以来，人们对这个词的概念只停留在狭义的认识上，认为文化就是文学艺术、琴棋书画。然而文化还有一个广义概念，就是人类的一切活动与成果。作家梁晓声将艺术概括为四句话："植根于内心的修养，无需提醒的自觉，以约束为前提的自由，为别人着想的善良。"现代人似乎已经把世间事事当作文化看待了，古代"四大发明"是文化，称四大发明文化，还有田野文化、石头文化、山水文化、饮食文化、茶文化等等，我们还会感受到育婴文化、散步文化。有人曾问过我，什么叫散步文化？我说："人们散步时所表现出来的艺术，如散步姿态，还有散步与健康的研究和宣传，这些都是文化。"我想，今后可能还会出现呵欠文化呢。

且看《纵览》里的广义文化，我们会有别样的感觉。

古代传说文化。《达勒犀牛》里描绘的"寡妇潭"原本是个物体，作者却拟人化地把它写得美丽动人，看上去就像是一幅画，极有文化韵味。《宝鸭石》中的宝鸭石，指的是右江河中间的一块大石头，四周河水潺潺，水与石的碰撞激发出呼呼的响声，这本是自然现象。然而当我们看到被水冲刷得千奇百怪的石头，听到水声的美妙如话，我们感受到的是一种文化，正如书中所写："宝鸭石的绚丽让思林街风光不少，它的生机与潇洒，让思林街风调雨顺、生意兴隆。"

碑刻文化。碑文是刻在石碑上的字，是有别于纸笔书写的另一种艺术。思林壮族人去世后，墓前必须立一块石碑，石碑上刻上墓主的生时和死时，并列举其一生主要事迹，其行文可间接反映出当时的社会状况。碑文是由墓碑发展而来的，“思林石碑匾”多数是官方文告和村规民约，是宝贵的历史资料，很有研究价值，《奉宪——勒石永禁》就是其中一例。

古建筑文化。思林的古建筑很多，各具特色、耐人寻味。有古圩镇、历史遗址如思林古镇、坡塘古圩、上林土司遗址，有古庙古桥如思林关岳庙、思林古桥、思林古码头等。这些古建筑设计淳朴、造型美观，体现了时人的审美观，有很强的艺术性。西街码头“下半部分好像螃蟹一对钳，前足叉开分别插入江水中”，关岳庙“前门建筑古朴雄静，后宇气宇轩昂……两侧处精雕细刻，是典型的四合院古建筑组合”。

商业文化。古思林商业繁荣，多种多样的商号、店铺前众多的商品介绍牌、门柱上挂的彩色旗以及产品的工艺、商品的陈列等，都是商业文化的表现。据《纵览》记载，古思林店铺林立，销售摊点密集，字号繁多，知名者达七十多家。一家老商号，铸就了地方品牌和独特的商业文化符号，众多的“符号”汇集在一起，就形成了思林古圩的热闹与繁华。正如“永荣号”门前两边墙上各写上的四个红色大字:“百问不厌”“百挑不烦”，商业气氛十分浓郁。

红色文化。思林是右江革命根据地，留下了许多革命足迹，蕴藏了众多的红色文化。《思林苏维埃政府旧址》一文说:“大革命时期和土地革命时期，思林县成为农民运动最活跃的地方之一和右江革命根据地的腹地，思林苏维埃政府旧址见证了百色起义前夕，我党领导的农民自卫军三次攻克和百色起义时期邓小平三次率队收复、袭击及红七军北上后红军右江独立师62

团4次攻袭思林县城的历史。”《定象共耕社》展现了邓小平早期的理论光辉，定象屯已成为当地著名的红色教育基地，她传承的红色文化永载史册。

《纵览》体现思林人勤劳智慧之精神

思林人创造了思林文化，思林文化熏陶着思林人，《纵览》充分展示出思林人勤劳智慧的精神风貌。

《达寒江》是一个传说。据说很久以前，坛郎村前有一大片旱田，十种九无收。为了引水灌溉，村民组织大家一起劈山造河。他们日以继夜地劳动，挺饥饿、抗炎寒，一年年过去了，终于开成了一条河，此河便被命名为“达寒江”。故事中的达寒，是思林人勤劳的化身。

到了清代，思林商家店铺林立，老板们大都是思林人，他们以“宁可自己吃苦，不让顾客吃亏”为经商准则。老板们长期亲自组织商品、加工产品、搬运货物，榨油老板抡起大锤，杂货店老板挑货下乡，处处有他们的身影。《兴义榨房》中的老板黄海宁，小时候给别人家放牛，做泥水工和木工，后来当了织布学徒，赶马驮，在榨油坊打工时学了一些技术，便办起一间榨油坊。他任劳任怨，奋力拼搏，榨油房也一天一天地变大，成为思林“第一家”。直到年老他还闲不住，早晚亲自下工房、煮花生、搬油桶。后来有钱了，他开始做慈善，捐资助学，有人赞他“有一身用不完的劲，有一颗比别人聪明的头脑”。

思林是壮族山歌（嘹歌）的策源地，蔗园山歌和白话歌谣也很流行，它们真实地反映了思林人的勤劳勇敢和聪明才智。《蔗园山歌》里有一对男女歌手对唱道："（男）塘边有莵鸟饭子，娇娥！叶落塘中水变鸟，我穿白衫套褂子，你是姨夫（丈夫）去做奴。（女）塘边有莵鸟饭，娇娥！叶落塘中水变鸟，你装身像叫花子（乞丐），姨夫银钱比你多。"女歌手运用反驳手法，驳得男歌手哑口无言。再看一首男女对答："（女）老了老，麻萨！老了是同僚（干）水瓜，水瓜老了还洗碗，老人老了冇人萨（没人理会）。（男）老了老，麻萨！老木斗（制）耙金（坚）得抓（使），不信你看木棉木，老树还开塔萨（喇叭样）花。"男歌手运用比喻手法回击女歌手，说明人老了还有用，还可以变年轻呢。

我在思林工作了 20 年，耳闻眼见了很多事情。思林大队境内有一座山，大且高，该大队为了扩大耕地面积，发扬愚公移山精神，组织群众劈山造田，利用人海战术和锄头铁铲削去了该山的一半，打造出了 50 亩耕地。我有个东家阮廷三，他家在坛乐大队那玩生产队，早年丧妻，留下 3 个儿子。他坚持不续弦，亲自抚育他们长大成人。儿子们长大后，两个当上了国家干部，一个在乡下发展。然而他也慢慢地老了，80 岁还不愿休息，承包了村前一座光秃秃的山，种上果树，自己搬到山上去住。儿子们多次劝他回家颐养天年，他却说："只要我还有一口气，我是闲不住的。在山上种果树，一方面能增加绿化面积，另一方面还能有经济收入，一举两得，何乐而不为？"这些现实的例子进一步印证了《纵览》反映的思林人的勤劳智慧。

《纵览》实出思林人追梦之不懈

《纵览》有很强的思想性，全书通过对事物的叙述和描写，深刻展现了不懈追梦、有力推动社会发展的思林劳动人民形象。

除妖魔保平安。《镇妖塔的故事》折射出了人间的现实。故事中，人间有很多的“妖魔”，他们强奸妇女，强迫人民进贡财物，吃小孩，无恶不作，老百姓对他们十分愤恨。只有除掉他们，才能保社会安宁。如果有众多像阿达那样身怀绝技的勇士把“妖魔”镇压下去，老百姓就能过上美满幸福的生活，这就是思林人最纯朴最强烈的梦想。《纵览》里《女婿败诉给岳母娘》《阿渣智斗财主》也很形象地说明了这个问题。黄公子贪婪夺财，吃喝嫖赌，是社会恶棍。麻相是个大财主，占有大量土地，依仗官府，抢人妻子，群众对之恨之入骨。这些人被铲除后，大家欢欣鼓舞，万分高兴。

引水灌溉保田丰收梦。《仙女下凡》的仙女代表人民群众鼓励和支持青年小伙子为确保丰收而兴修水利。达寒江两岸高处虽有千亩良田，但达寒江的水灌溉不到良田之中，每每颗粒无收。为了解决这一问题，坛乐村的青年小伙子拿着铁锹锄头，来到十几里外的达寒江上拦起水坝，修起水渠。在一连串的意外之下，一再的失败让他们打退堂鼓了。此时正逢仙女下凡，青年小伙子们便许愿此事心想事成。随后，他们不畏困难，每天挖山不止，在长期的努力之下，水坝筑成了，水渠也修通了，坛乐村终于变成了“米粮仓”。这个故事表达了思林人民对生产和生活的美好愿望。1970 年，我担任思林公社通讯报道干事（记者）的时候，那年冬天公社交给我一个去双燕大队采访打隧道一事的任务。我到双燕大队后，群众都围着我说：“哥老莫（壮话），我们日夜都想打通隧道，解决千万年一直没解决的防洪排涝问题，让我们富起来（当时说的‘富’是我们现在讲的温饱）。”双燕大队四面石山，一下大雨，龙兰就全屯陷入洪涝，房屋被淹、田地无收。为了解决这一问题，公社决定帮助该队挖通一条长 1000 米、高 3 米、宽 3 米的排洪人行双用隧道。我刚去的时候，他们使用的工具只有铁锤、钢钎和箩筐，全民轮班上阵，后来公社配了一些雷管炸药给他们。经过 5 年的奋战，隧道终于打通，公社又派我前去祝贺。在隧道口，大队干部和群众又围住我说：“哥老莫，梦想实现了！”我们载歌载舞、笑逐颜开。这些内容没有写进《纵览》，或许我短短的几句话能补上吧。

开放包容生意兴隆梦。思林能成为一个古老商埠，与思林人开放包容的思想是分不开的。思林人开朗旷达、乐观和睦，不计较个人得失恩怨。据不完全统计，思林商贸的鼎盛时期，来自广东、南宁、玉林、贵港、百色等地的商家占一半以上，思林人都热情地帮他们在这里定居下来。举例来说，我有个堂伯，叫莫张免，他一家三口到思林后，街上的韦家不但帮他们租房子，开杂货店时资金不够，韦家还筹钱借给他们。虽然后来堂伯回南宁定居了，但直到现在他们两家还有来往。《凌氏商铺》中的老板是广东番禺人，他在思林街的黄金地段开了十几间商铺，生意兴隆，不仅没有人与他争地争生意，当地人还给他提供了很多帮助。大革命和土地革命时期，凌氏家族有很多人都参加了革命，其中的凌奇道、凌奇勋更是为中国革命流尽了最后一滴血，因此，思林人民对凌氏家族十分敬佩。从《纵览》“思林姓氏篇”能明显看出思林人的包容性——思林本地姓氏本不多，但目前已增长到159个。增加的姓氏多是从区内外迁来的，他们和本地人一起，共同为思林的繁荣富强而努力奋斗。

参加革命坚持信仰梦。20世纪20年代末，思林在共产党的领导下爆发了红色革命运动，建立了苏维埃政府，当地的红七军和赤卫队队伍也不断壮大。自此，思林人坚信共产党，信仰共产主义。读完《纵览》的“红色文化”篇，我激动不已，似乎亲眼看到了一幕幕革命运动：奇袭鹧鸪坳，惨烈的隆安战斗，爱桑兵工厂叮当的铁锤声，还有青年小伙子踊跃参加红七军，群众纷纷支前，创办共耕社、参加土地革命、学习文化的身影。《共产党员“密劳代”》中，“共产党员不怕死”，“红七军会回来的”，阮觉民烈士以死捍卫革命的信念，正是思林人精神之所在。记得1974年红七军老战士李志明回乡探亲时，他在座谈会上与老赤卫队队员一次又一次地高唱《赤卫队之歌》——“没有吃，没有穿”，反映旧社会人民的痛苦生活；“跟党走，闹革命，迎曙光”，表达了思林人对信仰的坚持。

追求婚姻家庭幸福梦。这是思林人永恒的生命主题，在壮族嘹歌、蔗园山歌、白话歌谣里体现得最多最热烈。《壮族山歌》中有这么一首山歌，综合反映了思林的幸福观：“前有小河绕，后有青山靠；青龙与白虎，这屯风光妙；这屯佯山富，素有读书郎；考试登金榜，人称金凤凰；在外生意兴，家中六畜旺；这户存款多，致富名称扬。”可见思林人心中的家庭幸福标准是：家居环境好，孩子读成书，经商者生意兴隆，务农者六畜兴旺。《蔗园山歌》中一位女歌手唱道：“不信您长催！今年中秋佢宕（刚）归，身家西装大反领，脸红肉白似珍珠。”女方认为，自己的男人要“穿西装大反领”、“脸红肉白”才幸福。《白话歌谣》里有一首这样说：“吃郎饭，坐郎凳，坐郎板凳织郎麻，财郎相伴心开花。”认为男女情投意合，一起劳动、和睦相依就是幸福。这些幸福观都很朴实，表现了淳朴的思林人民最简单最纯粹的理想。

漫游完《思林民族历史文化纵览》，我已经陶醉其中。我坐在凳子上思索，思林是我的第二故乡，我受到第二故乡的文化熏陶，养成了淡泊、包容、与世无争的人生品格。我的全部青春已经贡献给思林，我爱思林，希望思林早日进入小康，成为富饶的热土。然而现在思林尚未富裕，山区还未脱贫。思林要发展，有两个问题值得考虑。一是应坚持建设工业化城镇方针，招商引资，培养和引进人才，生产高科技产品。思林资源丰富，气候宜人，劳动力充足，具备建设工业化城镇的硬件条件。二是积极筹建发展旅游业。我想，为了扩大思林的旅游业，有三处旅游点必须建好：其一是重修关岳庙。关岳庙要按照最初的建筑格局重修，让思林古老的文物尽放光彩。其二是将苏维埃政府旧址变成红色教育基地，建立苏维埃政府纪念馆，陈列红军时代的革命文物，激励后代继承和发扬革命的优良传统。

其三是重修或重建思林十大古桥。思林十大古桥很有特色，现在却残破不堪，有些甚至已经不存在，若能把这些古桥重修重建，定能带来很大的经济效益和社会效益。

啊，思林，
美丽的思林。
展开双翅吧，
飞向美好梦想的明天！

老人的春天

春天，属于青年人，也属于老年人，它属于所有的人。

我退休后不久，党中央提出了“两个一百年”的奋斗目标，全国各族人民高举中国特色社会主义大旗，深入改革开放，以万马奔腾之势迈入小康社会，到处呈现出欣欣向荣的景象，可惜我老了，无所作为了，只能沐浴着春风，享受着春天的恩赐。

一

国家房改后，原来简陋的单位福利房已逐步被淘汰，城市里出现了星罗棋布的花园小区。人们的住房结构、环境全改变了。我大儿媳在百色做了 12 年生意，赚到了一些钱，便在南宁花园小区买了一套房给我两老住，装修较为豪华，有吊顶，居住舒适。我大学的几个老同学来访，一进门便开玩笑地说：“误入皇宫了！”其实小区里家家户户都这样装修，不出奇。

清晨，微风拂拂，朝阳斜照在茂密的树叶上，金光闪闪。小区里的老人或在广场上跳广场舞，或三三两两坐在石椅上聊天，或在楼间道路上散步。老人们来自五湖四海，大家相处融洽，互相帮助。前段时间，有位70多岁的老人突然发病，他家人不在，同住在附近的10多个老人便一起送他去医院，还帮他倒屎倒尿，洗脸擦汗。这件事令人听之好不感慨。

花园小区生活很方便，一楼设有店铺，地下室有超市，水电及其他维修都是一条龙服务，连照顾老人的护工，物业管理处都能帮助解决。

在南宁工作的小儿子一家怕我们孤单，不久前搬过来和我们一起住，三代同堂，其乐融融。年轻人下班后在家做家务，研究菜肴烹饪技术。电视、电脑、音响齐全，娱乐方式丰富多彩。双休日或假日，我们去公园、下酒家、看花展、尝佳肴。大儿子一家每个月从百色来南宁看望我们一两次，嘘寒问暖。这一切的一切，让我们深感祖国好，社会主义好。

二

不知什么时候开始，我国出现了旅游热。据官方网站透露，2017年10月黄金周，全国出游达7.1亿人次，这充分说明了国家经济腾飞，人民生活水平翻倍提高的事实。

旅游是生活的一个重要组成部分。通过旅游，可以增长知识、陶冶情操。旅游是一种高尚的精神享受。

我退休后曾多次进行市内游、区内游、区外游，唯独没有进行过出国游。

有一次，我逛街遇见一位老同事，她说我曾有一次在会上批评了她，害她评不上“先进教育工作者”。我反问她，批评的内容是事实吗？她无言，但此事还是让我郁闷、生气了很久。为了排解心中的不快，我随团去海南玩了一次。当我在“天涯海角”的沙滩上走来走去，看到无边无际的大海，看到海天合一的浩瀚景色，我感悟到了海的胸襟广大，容纳百川。和大海相比，我实在太渺小了。想通了这节，心情也就渐渐平静下来了。后来我主动和这位老同事改善关系，成为了暮年之交。

国人喜欢游山玩水，旅游中，看到祖国的大好河山，强烈的爱国主义情怀油然而生。近年来我游览了桂林山水、广州白云山、南京紫金山、苏州水乡等地，更加感受到了山河景观对一个人的无形影响。例如，当我在张家界观赏千山峭立，峰丛林立，它们的宏伟坚强，无形中陶冶了我的心灵。而当我欣赏桂林山水，喀斯特山水的柔和氤氲无形中也柔软了我的心怀。

前几年我去西安旅游。兵马俑的宏伟肃穆，令我进一步认识了大秦帝国的军队结构和军士意志。秦朝能统一，在军事上靠的正是这支强大的军队。游览大雁塔，我看见了从印度传来的经书，领略到了佛教文化的博大精深。参观黄帝陵，我知道了很多远古的故事，感受到身为炎黄子孙的伟大和光荣。游览历史文化景观，是传承历史文化的表现，可以增加我们的历史文化知识，教导我们不能忘本。

我还参加过红色旅游，参观过现代建筑、工矿企业。这些或承载红色历史或富有时代气息的景观，大大增强了我对国家的自信与崇敬之心。

旅游，必不可少。

三

退休后，工作交给单位，家庭交给子女，朋友聚会越来越多。不过，我们聚会不仅仅是为了闲聊，而总是会以一个主题来为本次聚会拟名，然后围绕主题进行交流。

我家乡在农村，群众生活还很困难，因此，和在市内的老乡们的聚会大都以“家乡的环境卫生”“家乡的明天”等为主题。

在南宁市，我的同学比较多。与南宁的同学聚会多会以社会热点、新闻大事为主题。如“从这五年中本家庭生活变化看社会发展”“目前在世界上谁讲话最响”等。

同事聚会，我们目前最关心的是老同事的情况，也就大多以“关于保健品的问题”“关于广告诈骗和网络诈骗问题”等为主题。

当然，聚会不是开会。聚会主要是为朋友见面聊天营造一个环境。在会上，大家畅所欲言、自由自在，开心便达到目的。老人用什么来打发时间？我想，聚会聊天是比较好的一种方式。

四

“民以食为天。”饮食的变化反映了一个社会的变化。改革开放以后，人们的饮食发生了巨大的变化，这正反映了中国经济和社会的飞速发展——国家强大了，人民富裕了。

首先是大米。以前我们吃的米是田阳、田东油粘米，后来觉得这些米黏性不够，便换吃上林米，再后来又觉得上林米不够香，又改吃泰国和柬埔寨米。

其次是油。以前，我们做菜用的是调和油，因为我们认为它与菜的搭配比较科学。不久后换吃了花生油。后来，听别人说茶油口感好，有助于长寿，又改用了茶油。最近我们吃的是橄榄油，不过橄榄油太贵，只能少吃。

最后是菜肴。现在的我们已经很少吃猪肉了，时常会吃些“山珍海味”。黑木耳买东北产的，竹笋买田林八渡的，牛肉羊肉买内蒙古新疆的，这些食材“土”，无公害、口感好。至于海鲜，买深海产的对虾、龙虾和石斑鱼。

近年来，因为儿子们再三说剩饭剩菜里含有大量的亚硝酸盐和细菌，吃了容易生病，我家已不吃过夜的剩饭剩菜了。

我患上心血管疾病后，家人十分关心，买来一大堆保健品，各种各样的，每天都吃七八次实在是一种精神负担。我喜欢简单，复杂一点就容易丢三落四，家人倒还细心，时时都替我记着吃保健品的时间，让人心暖。

啊，春天！你迈过冻结的河流，接受了冬天无数次的考验，你定然认定了她，理解了她，读懂了她——正是她的牺牲和付出，才催生了你、助长了你、成全了你，正是她对你的考验才成就了可爱的你、美丽的你。春天啊，你来得不易，你给我们带来了阳光和雨露，我们永远珍惜你、爱护你。

诗 词

和梁主任之赠诗

（一）

棉老花瘦步难青，粤海寻职事竟成。
溪河[1]书声震玉宇，白田[2]执教赐良吽。
芝麻细小不挂齿，惭愧无能为远程。
身暖艾馍食口里，扶苏共携更深情。

（二）

万物生存算计天，成功梦想尽流年。
碧湾[3]泉涌显清澈，古策今政深究研。
从化荔枝享独誉，才学德性互相援。
邕江面阔起巨浪，心地纯真撰丽篇。

注：

梁主任即梁栋材教授，广西百色学院政教系主任，退休后再任广师翻译学院和华农珠江学院基础部主任，吾与其同是上述三院同事。

①溪河：流溪河，广州从化的一条大河。

②白田：白田岗，翻译学院、珠江学院所在地。

③碧湾：碧水湾，从化著名温泉。

附：

赠图书馆莫昌楦馆长

梁栋材

（一）

枯苗得雨再复青，老衲求职事难成。
苦口婆心推业绩，登门拜户累叮咛。
广从高校[①]重执教，喜走人生新旅程。
珠水奔腾长万里，不如莫馆荐余情。

（二）

日明轮回不计天，同舟共济度流年。
行为思品常提励，学术文章齐究研。
背井离乡得近顾，饥寒病痛喜相援。
溪河滚滚淘知友，携手跋涉著丽篇。

注：

①广从高校：指广师翻译学院和华农珠江学院。

生日叙怀

今日重读苏东坡《念奴娇·赤壁怀古》，留下这几个字，不是诗，是心。

边关岁暮吾命苦，
右江两岸桑梓情。
伯乐愧疚荒野足，
披星戴月奋征程。

长忆会议南昆山

峰回路转北风吹，
志高义重身不寒。
千山秀美层林染，
百羽珍禽对山侃。
清泉淙声似琴弦，
山货纯香无闲赞。
古树幽静商计处，
长忆会议南昆山。

注：南昆山是广州市郊外一座风景名山，2004年11月中旬，广东翻译学院领导们在此召开了一次重要会议，确定学校的发展方针政策。

元旦感怀

2004年12月25日，广东技术师范学院翻译学院组织教职员工到从化三百洞进行户外活动，庆祝圣诞节和新年的到来。

新年圣诞同日庆，
教职驱年三百洞。
沟深路陡仰天胁，
枫红亭榭听泉淙。
秋千荡处人声沸，
标的寻方调头东。
席间共颂春酒暖，
教育腾飞尽东风。

枝头喜鹊变凤凰

百色学院诞辰已进入倒计时，两年多来每每能听见一种高昂激奋声，一种前进脚步声。

二月春风舞朝阳，红色原野披绿装。
数栋高楼拔地起，诸多设备指日昌。
云集英才唱大江，清纯书声正校堂。
师生上下齐拼搏，枝头喜鹊变凤凰。

校园榕叶滴翠

夜
寂静空灵
叶叶巴掌伸张
那雾
形似轻纱
层层剔透玲珑平躺
春晖里
点点滴滴
孕育着绿色生命茁壮成长。

蝶恋花

山青日丽天消雾，荔树并叠，引来蜜蜂度。常记小路新脚步，楼宇一色奋力处。

平日喜欢学章句，帘影灯明，名师刻心语。数滴雨声春留住，百花娇艳千棵树。

注：2006 年春，珠江学院在翻译学院基础上成立，写下这首词留念之。

钗头凤

学步陆放翁词，寄语某些不思上进的学子。

书声少，绿坪糟，头滑裙香依偎早。人生河，风雨多，千日愁苦，三秋业搁，恶、恶、恶！

才学瘦，难以救，梦残花谢玉枕透。理想破，当自戮，风景虽好，今生难过。错、错、错！

［越调］天净沙

余登新饭堂顶层，饱览学校全景，喜悦异常，得句成曲。

风声歌声书声，阳光雨露兰亭，神笔健体丹心，涛涌倾听，桃李朵朵映天明。

［越调］天净沙

青山绿水洋楼，池塘春风垂柳，杉木芒果土豆，霞光昂首，循道[1]奔康[2]直走。

注：

①循道：按照党的十八大制定的道路。

②康：小康社会。

书　评

“世界文学中最富有生气的悲剧故事”

——陀思妥耶夫斯基短篇小说《温顺的女性》浅析

《温顺的女性》[1]发表于1876年，此时已是陀思妥耶夫斯基的后期创作阶段，作家深刻的人生哲学和凝练的抒情风格在这篇小说中得到了集中显现，可以说，它是一扇认识陀氏的窗口。

一

陀思妥耶夫斯基在18岁时便认为“人是一个谜，需要解开它”，并立志“研究这个谜，因为我想成为一个人”[2]。从1845年发表第一篇小说《穷人》起，陀思妥耶夫斯基一直都在用作家的方式研究分析“人”这个谜，力图“刻画人的心灵深处的全部奥秘”[3]。《温顺的女性》就是着力剖析一个“受惊吓的灵魂”，通过当铺老板在妻子自杀后几分钟内剧烈动荡的心理意识独白，“记下了一个痛不欲生的人的纷乱如麻的思绪，那个人在绝望地乞灵于自己想象中的法官，在不安中意识到自己深刻而又彻底的孤独处境”[④]，震撼人心地向读者展示了主人公呻吟、叹息、崩溃、挣扎、绝望、哀号背后痛苦的灵魂纠葛和性格悲剧。这篇独白型的作品充满了“对话性”的自辩色彩和内在的悲剧力量。作品中被生活侵蚀掉了健康人格的男主人公是一个复杂的艺术形象。这个42岁的中年人，生性孤僻，不合群，曾经是个“穿过金光闪闪的制服”的军官，因为拒绝为一件他“并不认为自己受了侮辱的事”决斗，被军官们判决除名。他蒙受着“贪生怕死的懦夫”的恶名屈辱地流落在彼得堡街头，求人给几个包子，在台球桌底过夜，混迹下流场所。他的精神受到毁灭性的打击，自暴自弃，堕落了。这位被生活所摈弃的可怜虫得到教母遗留给他的三千卢布后，毫不犹豫地开了个当铺，过起盘剥社会底层不幸者的高利贷生活，并计划在三年内赚三千卢布，好完成远离人群、到乡下度过晚年的计划。有了钱，他仍然无法克服心灵的孤独与恐惧。为求补偿，他看中了正沦落在极度困境中的十六岁孤女，娶她为妻。这一对备受欺凌的人本应该好好地过完下半生，但男主人公虽然内心渴望幸福，却始终摆脱不了旧日的心灵阴影。孤傲、乖张、多疑的性格使他用变态的虐待和冷漠来掩盖自己的真感情——不肯对妻子开诚相待，时时与她保持距离。令人窒息的精神环境终于迫使他走上绝路。

这显然是一出性格悲剧，男主人公的性格缺陷导致了家庭世界的毁灭。自喻为恶魔菲斯特，“经常希望作恶，而实际上却在造善”的男主人公，原先也是个正直、善良的人。他拒绝决斗，除了怯懦，还有对横暴社会的反抗意味。然而，这份怯懦的性格使他成了专制社会的牺牲品，成了一个被生活抛弃的人。用他的话说是“一个心地最最恢宏的人成了当铺老板”。是生活把他扭曲成庸俗的利己主义者，高尚者变成了拜金奴。他拼命地赚钱、省钱、攒钱，钱变成了他的依靠，成了他通往理想生活的保证。他显然对人间充满了绝望、仇恨，变得冷酷无情。但在这种冷酷无情的背后，隐藏着一颗渴望尊重、渴望温情的孤独、辛酸、脆弱的心。正是这种相背离的双重人格使主人公陷入情感地狱的痛苦煎熬之中，妻子也就成了他这种灵魂痛苦的施虐对象，成了他性格矛盾斗争的牺牲品。性格的复杂在陀氏作品中一直是不变的主题，《孪生兄弟》(又译《同貌人》《化身》)中的富略特金是陀氏对复杂性格“进行探秘的第一个尝试”。富略特金是个优柔寡断、性格怯懦的小官员，在互相倾轧、勾心斗角的环境里，他无法维护自己的人格和尊严，整日为自己的前途提心吊胆，唯恐被排挤、被淘汰。危机感和恐惧感像影子一样寸步不离地紧紧缠着他，他的精神产生了分裂。如果说《孪生兄弟》表现的是一个尚未被生活排挤掉的小官吏对险恶环境的恐惧和厌恶，那么《温顺的女性》中的“我”则是一个已经被生活彻底践踏过了的人——他的地位名誉皆已丧失，他从贵族堕入了社会最底层，围绕着他的是更深重的恐惧，从而导致心理变态，既处处提防他人又时时想虐待他人或自虐。最终，纵欲导致了他生活的最后绝望。作家不仅看到了这种复杂性格，对人的毁灭，还看到了它产生的社会原因。

《温顺的女性》中的女主人公是个光彩照人的妇女形象，作者把她“放在万难忍受的逆境里”，“拷问出藏在罪恶底下的洁白来”[⑤]。她的生存环境是那样可怕：12岁父母双亡，成了孤女，两个性格畸形的狠毒的姑妈拿她当奴隶使唤。就在这种境况下，她仍挤出时间来读书考试。最后，两个姑妈决定将16岁的她卖给一个“已经折磨死两个老婆的”有钱的老头为妻。为了摆脱困境，给自己寻找一个安身之地，她登广告求职，并把父母遗留下来的毫不值钱的最后几样东西拿去当铺典押，以支付广告费，但最终连这点心愿也无法达成。在这种濒临绝境的情况下，她跟当铺老板相识并结婚，可见她心里其实充满了对幸福的向往；然而丈夫的变态性格却把她拖进了精神虐待、折磨的可怕绝境中。屈辱、压抑、疯狂，她终于拿起手枪对准了丈夫的太阳穴，想消灭这个十足的懦夫，这万恶的精神魔鬼。然而在瞬间的灵魂搏斗中，她被他临死不惧的气概打败了。这个“谜”样的怪物吓怕了她，她在精神的彻底崩溃中自杀了。这个极富亮色的贫苦妇女的形象，在污秽的世界里，她那青春的光芒、那强旺的生命力、那底层劳动者的崇高的品质，有如一道划破暗夜的强光，炫目夺人。就连对人间充满绝望的男主人公也禁不住感慨：“虽然处在毁灭的边缘，歌德的伟大诗句却仍光芒四射。青春，哪怕只是一点点，哪怕是歪曲了的，也总是意味着心地的恢宏。”就这么个美与爱的形象，最终也毁灭了。男主人公的堕落、女主人公的死亡，是对沙俄专制社会的有力控诉！它意味着，在那黑暗的社会里，正直善良、心地恢宏的人的出路只有三条：堕落、发疯或者死亡。透过这两个形象，我们看到了作家“在描绘赤贫，对人的凌辱、孤独、不可忍受的生活苦闷的骇人听闻的画面里，这个人间的痛苦好像在呼吸着，直对你脸上谛视着：人不可能在这个社会里活下去！”[6]这一出家庭悲剧是一出性格悲剧，更是一出深刻的社会悲剧。

二

我们已经分析了这篇小说思想内容上的巨大的悲剧力量，当然，仅仅如此去认识它的艺术价值显然是不够的。这篇被誉为“世界文学中最富有生气的悲剧故事之一”[7]的作品，在不长的篇幅中树立了两个丰满的艺术形象，传达了丰富而深刻的内涵。它艺术技巧精湛绝伦，心理分析艺术“几乎是陀思妥耶夫斯基全部创造作品中对内心剖白所做的最出色的描写”[8]。

首先，《温顺的女性》这篇独白型的作品结构紧凑而自然。男主人公（也就是叙述者）几分钟内充满自辩色彩的意识流动是从妻子跳楼自杀这件眼前事呈放射状发展的。在复杂的心理活动之后最终又回到“自杀”这一起点上，开端成了结尾。这种环状结构紧连着一气呵成的内在抒情性，使作品浑然天成。

其次，我们都知道，陀思妥耶夫斯基是一位有杰出能力的洞察人类心灵的伟大作家。“他有别于以往的现实主义作家，执着地追求表现内心的现实，强调向人的内宇宙、人的深层意识开掘，喜欢去发掘不明确的错综复杂的下意识领域。”[9]在极度矛盾紧张中挤拧小人物们最隐私也是最本质的性格毒液，“残酷地”剖解那些被扭曲的、畸形的灵魂。《温顺的女性》中有一句话正好体现作家对这一艺术的认识：“我的脑子里充斥过多少像旋风一样的思想和感情啊，人的闪电般的思想万岁！”《温顺的女性》恰恰是作家刻画“人的闪电般的思想”的一次成功实践。主人公在惨祸发生后几分钟内的震撼、绝望、痛苦、悔恨中流淌出来的意识里，不知隐藏着多少惊涛骇浪！这个“一辈子都在用沉默来说话，默默无言地独自承受着种种悲剧”的人，在“沉默”中又忍受着怎样的心灵地狱的煎熬！陀思妥耶夫斯基的如椽之笔是如何探究人物心灵深处繁杂交错的潜意识的呢？请看他对男主人公的性格塑造——怯懦。这是男主人公性格中最致命的弱点，是他注定在弱肉强食的社会中沉沦的原因。他不敢决斗，是软弱；他为此事感到耻辱，是自尊；他自辩说，他拒绝决斗是用行动来反抗横暴，“并且承担一切后果，这和决斗比起来需要拿出更大的勇气来”，这又是勇敢。可见围绕着“决斗”所表现出来的主人公的怯懦性格是有复杂的内容的，这种复杂的“怯懦”在妻子想枪杀他时表现得更为突出。当妻子拿起手枪瞄准睡着的他的太阳穴时，他的第一个念头是“决定不管等待着我的是什么，我决不动弹，不睁眼了”，“既然我衷心爱慕的人拿起手枪对着我，我活着又有什么意思？”这是爱的绝望。接着是“我的灵魂处于阴暗的绝望中：我要死了，我要死了！”这是恐惧。再接着是“几秒钟过去了，房间里寂静如死。她一直站在我身边，忽然间，我由于希望而战栗了”，这是“战栗的希望”。最后她没开枪，走了，“我从床上起来：我胜利了——她永远地输了！”由庆幸转为对她的虐待欲——魔鬼般的幸灾乐祸。作者不是平面地表现人物的性格特征，而是通过细微丰富的情感纤维将主要性格特征凸显出来，极富多维性、立体感。

虐待欲。这是男主人公潜在的性格变态：在强者面前是羊、在弱者面前是狼是其重要标志。但男主人公虐待欲的表现形式是复杂多样的，它往往混杂在其他闪光的品质中，又往往在瞬间转变形态，男主人“谜”样的恶魔性格就缘于此。比如，他同情她的处境，给她典押不值钱的东西（这在行动上帮助了她），但又不由自主地嘲讽她，把这当作一种“胜利”，并为此“痛快极了”。他与她结婚，心里有一种骑士般的拯救她于水火的崇高英雄气概，却又夹着种种卑鄙的念头：“比方说，我已经四十一岁了，而她只有十六岁，这把我迷住了，这种不平等的感觉，它甜蜜极了，甜蜜极了！”他渴望爱，却对她的爱加以高傲的拒斥，认为这不是扎扎实实的幸福，因此用沉默来对待、疏远、折磨她。他欣羡她的青春，赞美她的心地恢宏，却又认为那“来得太容易，不是生活中打熬出来的”，转而用苍老的眼光蔑视她、嫉妒她，甚至把她当成自己失却良心的“灵魂的难以忍受的暴君和折磨者”，因而更加居高临下地折磨她的感情，幻想让她自动跪在自己脚下“为我所受的苦难而肃然起敬”，强迫她跟自己一起玩味痛苦、玩味不幸。他靠着当铺压榨他人，向社会施虐，但他却说谁也不比他恨这当铺。他为自己的行为感到痛苦、可耻，却不能不干这营生。她精神上受到沉重的打击，病卧在床，极度虚弱，他竟然觉得“从来没有像这一冬天那么满足过”。他不爱她吗？不是。当他知道她每天唱歌时，他陷入了病态的自尊："怎么，她把我忘了？"病态致使他陷入畸形的爱，他怕她不理他、不爱他、蔑视他，便扑倒在她的脚下，乞求她"充分理解我的毫无出路的绝望下的幸福"，吻她的脚，吻她的脚踩过的地方，膜拜她，说"允许我从一个角落里望着你，把我变成你的一件东西，变成一条狗"等肉麻的话，虐待他人转而变成了自虐。总之，在这篇小说里，变态的虐待是掺杂在自尊、爱、同情、生活理想等美好的事物里所表现出来的。陀思妥耶夫斯基在一系列的二重人物形象里都应用了此种方法，正应了文艺理论家杜勃洛留波夫的一段话："神圣的火花还在他们的心里冒烟燃烧，只要这人还活着，随便用什么手段都不能把它扑灭。你可以抹杀一个人，把他变成一块肮脏的抹布，然而在这块抹布最肮脏的褶缝里，还是保持着感情和思想。虽然不易察觉，然而这到底是感情是思想……"[⑩]这种陀氏创作所特有的"抹布形象"给世界文学以崭新的气象，这也正是作家巨大艺术天赋的有力证明。

《温顺的女性》另一个显著的艺术特色是强烈的抒情性。抒情色彩围绕着女主人的闪光品质一步步将作品推向高潮，特别是在叙述她历尽欺凌，沉疴已久的时候。小说着意通过男主人公的眼睛去描述、渲染她在黄昏时独自吟唱的细节："忽然我听得她轻轻地，轻轻地……唱起歌来，这新鲜事儿在我身上产生了震撼心灵的印象，……我几乎从来不曾听她唱过歌，除了在我迎她进门以后最新的日子里，那时候她嗓音还很清晰有力，虽不稳定却十分强劲悦耳，如今歌声是那么微弱——啊，歌声听起来并不凄切（她唱的是一支谣曲），但是她的嗓音似乎有什么东西断裂了，破碎了，似乎这嗓音应付不了，似乎这支歌本身有病。她小声唱着，每逢提高，嗓音就突然可怜地中断了；她嗽一嗽喉咙，又轻轻悄悄地唱起来……”这一段文字把一个濒临绝境的美丽的灵魂抒写得多么感人，那不是一般的唱歌，而是生命在吟唱，是令人战栗的对黑暗世界的诉说。它内在的悲剧性抒情实在令人悲切。特别是她跳楼自杀时，这种感觉尤为强烈。末尾，男主人公混乱悲怆地哀号：“太阳就要升起来了，可是你看看它，难道它不是一个死人？一切都死了，到处都是死人。”又是何等深沉的控诉！鲁迅曾说：“悲剧将人生的有价值的东西毁灭给人看。”陀思妥耶夫斯基的悲剧故事则是将人的灵魂血淋淋地剁碎给你看，内在的悲剧性抒情无疑加深了作品撼人心魄的感染力。

《温顺的女性》无论在思想还是艺术上都达到了很高的水平。它简短精练的每句话的每个细节都凝聚着巨大的艺术力量，但我们并不就此把自己拖进不加分析、膜拜一切的认识泥坑中。相反，我们应当更加清醒地认识到，陀思妥耶夫斯基创作的“影响是复杂的”。“它既有积极的一面，也有消极的一面。”[11]这就要求读者具备正确的阅读观和批判的识别力。陀氏作品的结局，往往不是死亡、发疯，就是皈依宗教、远避尘世，寻求灵魂自慰。可以说，这是对西方世界“上帝死了”最初的形象认识，是西方世界价值观剥落崩溃的节奏，是预示旧体制灭亡的哀伤的安魂曲。无疑，《温顺的女性》是其中一阕小小的乐章。

①陀思妥耶夫斯基．温顺的女性［M］．人民文学出版社，1986.

②冯增义，徐振亚．陀斯妥耶夫斯基书信选［J］．文艺理论研究，1984（4）:118–125.

③陀思妥耶夫斯基．陀思妥耶夫斯基论艺术［M］．漓江出版社，1988.

④格罗斯曼．陀思妥耶夫斯基传［M］．外国文学出版社，1987.

⑤鲁迅．且介亭杂文二集［M］．上海文艺出版社，1991.

⑥叶尔米洛夫．陀思妥耶夫斯基论［M］．上海译文出版社，1985.

⑦格罗斯曼．陀思妥耶夫斯基传［M］．外国文学出版社，1987.

⑧同上。

⑨高尔基．俄国文学史：新 1 版［M］．上海译文出版社，1979.

⑩杜勃洛留波夫．杜勃洛留波夫选集［M］．上海译文出版社，1959.

⑪中国大百科全书出版社部．中国大百科全书：外国文学［M］．中国大百科全书出版社，1982.

（莫昌楦　马维廷）

《离骚》比兴之特色

凡读《离骚》者，必知其比兴的写作手法。汉郑仲师云："兴者，托事于物。"兴，必有所托以成其为兴，先言他物以引起所咏之词。诚然，《离骚》中之比兴，颇具特色，此正是通解其旨意之术也。

《离骚》之兴，乃诗人对全篇所用之抒写手法。诗人通过对草木虫鱼的连贯寓意的描述，表达了自己为崇高理想而献身祖国的战斗精神，与祖国同休戚、共存亡的爱国情怀以及热爱进步、憎恨黑暗的光辉峻洁的人格。因此，《离骚》之兴代表了一定的象征性意味。且看"擥木根以结茝兮，贯薜荔之落蕊。矫菌桂以纫蕙兮，索胡绳之纚纚"，还有"高余冠之岌岌兮，长余佩之陆离。芳与泽其杂糅兮，唯昭质其犹未亏"。诗人以花草冠佩象征君子之品德，将诗人的品格刻画得非常崇高。《离骚》之"兴"不同于《诗经》之"兴"。《诗经》之"兴"为头一两句，言物引出以下之事来，比较单纯、零碎，没有对事件及人物进行整体内在的刻画。如"关关雎鸠，在河之洲。窈窕淑女，君子好逑"。《离骚》则不同，如"汩余若将不及兮，恐年岁之不吾与。朝搴阰之木兰兮，夕揽洲之宿莽”所兴托之时于事可借以推知。“日月忽其不淹兮，春与秋其代序”二句及以下，所言者就是迁陈以后之局势与情况，而“昔三后之纯粹兮，固众芳之所在。杂申椒与菌桂兮，岂维纫夫蕙茝”之语意亦明显易知。“滋兰九畹”以下，则感慨于迁陈后人事错综复杂的情况。凡此，则以兴述事及塑造人物形象，贵于含蓄、形象、高雅，让读者享受天人合一之美，产生无穷之内动于潜力。

《离骚》依诗取兴，引类比喻，兴比互用，天衣无缝，由表及里，又是一大特色。篇首“扈江离与辟芷兮，纫秋兰以为佩”“朝搴毗之木兰兮，夕揽洲之宿莽”为喻己性行品德，为“比”，非“兴”也。又“薋菉葹以盈室兮，判独离而不服”二句承上文“此娉节”立言，为所“兴托”，所以“申申詈余”之重要故实。再者，“朝饮木兰之坠露兮，夕餐秋菊之落英”，语意显然为“比”。如此，《离骚》意境得以浑柔完美，隐显自如，意义深远。

一部展现美好未来的乡镇百年变迁史

——读凌绍崇教授《思林百年社会变迁——壮汉文化互动与交流》

近日详细地拜读了凌绍崇教授《思林百年社会变迁——壮汉文化互动与交流》一书，受益匪浅。该书作者高瞻远瞩，以史实与现实相结合的形式，勾画出了一幅思林波澜壮阔的历史发展画面，更难能可贵的是，这幅画面透见了思林发展的趋势和前景。该书材料典型、论述独特、主题突出，是一部很好的学术专著。

历史材料蕴含着未来的发展方向。书中前半部，作者主要透过数据来描写思林在20世纪的政治、经济、文化教育和科技发展史，它们同时蕴含着思林在21世纪的发展趋势。作者写思林人民在红军时代的武装斗争，主要体现了思林人民爱憎分明、坚韧不拔的斗争精神，预示着在社会主义现代化建设中应将这种精神发扬光大，在中国共产党领导下，共同创造美好未来。作者写乡镇企业的发展，深刻暗示了思林未来要走城市化的发展道路。书中写 20 世纪 60 年代广东潮汕老农到思林传授种植水稻先进技术，以此证明思林是开放的，今后更需要进行科技的革新。写思林教育的发展，显示 21 世纪需要更多的人才，这就更要抓紧发展教育。即使写思林粤剧团的衰落过程，也是呼吁群众文化生活应丰富多彩，应有更大的发展。正是如此，令人读后精神振奋，能在浩瀚的史料中更加清晰地看到社会发展规律，把握到时代的脉搏。

在叙述历史的基础上，作者还另辟章节分析思林的发展前景。笔者曾读过不少史志丛书和调查报告，总觉得这些东西大多“以史读史”“以史论史”，没有“以史为鉴”，用历史来为当今和未来服务。但凌绍崇教授的《思林百年社会变迁——壮汉文化互动与交流》与众不同，书中除每章节后均附有对未来的展望之外，还在书后半部另辟专论，充分展示了这份研究成果和这个研究成果能带来的社会作用。在“革命进程”这一章中，作者叙述了思林人民在民主主义革命时期武装斗争的史实后说：“所有这些无不说明，中国共产党是壮族人民翻身求解放的指路明灯。”在“医疗卫生水平的提高”一节中，作者列举思林医疗卫生正得到不断发展的数据之后说道：“他们力争在两年内创建‘爱婴医院’和‘一级甲等医院’，更好地为壮、汉、瑶各族人民服务，把壮乡的医疗卫生事业提高到一个新水平。”该书最后一章《面向新世纪的壮乡》着重论述了革命老区根据地、右江河畔上的明珠、大西南出海咽喉——思林，其 21 世纪发展前景——乡镇企业崛起，工厂林立，企业产值占主导地位；商贸繁荣，第二第三产业高速发展；全体人民迈入小康社会，讲究生活质量；文化教育得到长足发展，人才辈出，精英万千。到那时候，思林经济腾飞，物质丰富，人们道德精神高尚，农村城市化了。多么令人心向神往，并愿意为其贡献青春和力量。特别是作者超前地认识到了思林21世纪现代化的模式：观念的现代化、人的现代化、生活方式的现代化以及产业结构调整的都市化，将是思林社会的结构全景。

作者生于思林，长于思林，工作后离开思林，但和思林人民还保持着密切的联系，是思林人民的好儿子。因此，他最懂得思林人民的感情和愿望。他借这本书表达思林人民对党和人民政府的感激之情，畅想他们的美好未来。思林人民知道，要实现美好的未来，需要付出巨大的努力，然而正像作者一样，他们愿意为之奋斗终生。

作者长期从事高等教育的领导工作，深研马列主义哲学、社会学、经济学，并把自己所学到的理论知识运用于实践。这部书正是作者坚持从理论到实践，又从实践到理论的典范，充分发挥了收集和研究史料的社会功能。应该说，这是撰写史志丛书的目的和方向。

一部民族教育研究的力作

——读凌绍崇教授《民族教育新论》

近年来，关于民族教育的研究专著如雨后春笋，破土而出。凌绍崇研究员又一专著《民族教育新论》（民族出版社 2004 年 9 月版）站在研究的最高角度，审视了民族教育的方方面面，全面系统地提出了在社会主义新时期民族教育方面的诸多新观点。其内容广泛、理论深刻，所提出的措施亦有操作性强的优点，具有深远的现实意义和社会价值，深得同行赞许。

该论著首先明确指出民族教育与民族地区经济发展有着密切的关系。书中说："经济发展是整个社会发展的重要基础"，"教育的发展也不例外地受到经济发展的制约"。也就是说，一定的经济基础，是开展教育活动的前提，而教育水平是与社会生产力水平相一致的，它的质和量也受到经济发展的影响。接着，作者进一步论述民族教育对民族地区经济发展的作用。书中指出："只有教育发展了，经济才有希望"，"民族教育必须从实际出发，与少数民族地区的经济和社会进步相结合，为振兴民族地区服务，这是发展民族教育的立足点”，充分说明了要通过民族教育出人才出成果，促进民族地区经济的发展。教育对民族地区经济发展的作用体现在两个方面，直接方面是教育有利于提高劳动者素质，革新生产技术，提高劳动生产力，从而加速经济的发展；间接方面是通过教育提高人民的知识水平，增长创造精神，为经济发展铺平道路。作者以辩证的方法阐明了民族教育与民族地区经济发展之间的因果关系，回答了为什么发展民族教育和怎样发展民族教育两大问题。

加强民族教育说到底就是加速提高民族地区的教育水平，最终使各民族的教育水平站在同一水平线上。然而民族地区教育落后，经济欠发达，与汉族地区的平均教育水平差距甚大，要改变这种状态，任务是十分艰巨的，但要改变，而且必须改变。概括起来就是要解决民族教育的特殊性，即办学形式的特殊性、办学内容的特殊性、办学结果的特殊性。

办学形式的特殊性。农村办学点分散，教学形式多种多样，要解决好办学问题，抓好入学率、巩固率，“一个也不能少”，快速稳步地提高教育质量。

办学内容的特殊性。要不折不扣地按照国家统一内容要求，民族地区还要增加双语教学、乡土教材和职业技术培训，要求学生有坚强的毅力、高度集中的时间和精力，培养广泛的兴趣，牢牢掌握基础知识和技能。

办学结果的特殊性。民族地区教育水平较低，要促进民族院校自主招生，要使本地毕业生和外地毕业生“下得去，留得住，用得上”。

诚然，需要解决的问题不少，但关键是领导及政策。各级领导要重视教育，把教育当作根本要素来抓，以形成整个地区浓郁的办学风气，以上学为荣，以出人才为荣。政策也要向民族地区倾斜，多给予政策上的优惠。我们认为，加大投入固然重要，出台优惠政策更重要。比如，在少数民族地区工作的有高级职称的教育工作者月工资只有一千多元，还比不上在城里一个打工的人；一个名牌大学生到“老少边山穷”的地区工作一辈子也不能享受相应的政治级别或技术等级待遇。这样他们怎能安心地在民族地区工作呢？再者，现在大中专毕业生就业实行双向选择，不包分配。与此同时，许多民族地区单位十分缺人才，但一大批少数民族大中专毕业生找不到工作。原因是当地一些单位不肯招收，宁缺毋滥。此类的问题，上级是否可以考虑出台一些特殊政策呢？

凌绍崇研究员是壮族人，生在百色地区的贫瘠山里，他本人长期在少数民族地区从事高等教育工作，对民族教育潜心研究了二十多年，其执着的精神值得敬佩。他谙熟教育理论和教育规律，掌握了丰富而翔实的民族教育材料，和家乡人民同呼吸、共患难，把发展民族教育作为自己一生的追求。但愿在少数民族地区工作的领导干部和教育工作者能通过阅读这部论著得到更大的收获。“山不厌高，海不厌深。周公吐哺，天下归心。”希望我们共同耕耘的这块民族教育的沃土，未来能结出累累硕果，与汉族地区的人们一同迈进小康社会。

一部充满政治激情的诗词力作

——读罗奕海的《走笔山河》

拜读罗奕海老师《走笔山河》诗词集（广西民族出版社2003年9月），深受了一次浓郁的文学艺术氛围中的思想政治教育。20多年来，罗老师在带领学生进行社会考察和教学之余，走遍了祖国的大江南北，观赏了无数文物古迹和遐名景点。他爱山河，更爱政治，于是把政治、思想、个人全融入山水之中，写成了这部充满政治激情的诗词集，具有深刻的社会意义和文学艺术价值。

百色是我国大西南古老而文明的城市，蕴含着极为丰富的历史文化。千百年来，这些历史文化折射出来的思想政治光辉，鼓舞和推动着百色人从一个胜利走向另一个胜利。诗人罗奕海以饱满的政治热情对这片地区着力讴歌，对奇山异水不惜笔墨，对文化逸事也描绘得相当详尽生动。田阳布洛陀是壮族的始祖，诗人赞其大有研究价值，“布洛陀传百代骄”。抗倭英雄瓦氏夫人，诗人颂扬她的民族精神代代传，“夫人一代杰，壮锦说连篇”。对黑衣壮特有的生活情趣和文化韵味，诗人高唱：“黑衣黑字连，壮族千万年。边塞传歌远，山花映碧天。”黑衣黑字连和边塞传歌一直流传到今天，这是多么有价值的历史文化啊！德保矮马虽是壮族一种古老而稀有的种马，但它却代表着壮族人民的精神风貌：“壮乡小马驹，身矮奋扬蹄。高路玲珑看，千山万水驰。”身矮奋扬蹄和千山万水驰，这是多么美好形象的比喻啊！更有意思的是，诗人写平果特有的没六鱼时，用了这么两句：“一日抛头甘露脸，只缘呼唤浪涛声。”其中的“浪涛声”代表着壮族人民高举改革开放大旗奔小康的前进脚步声。

百色市是我国新民主主义革命的策源地之一，20 世纪 20 年代邓小平在此领导了百色起义。百色作为革命老区，已成为重要的思想政治教育基地。诗人在观赏了革命旧址、纪念碑塔、纪念馆和革命文物后，终于压抑不住内心激情：“挣开枷锁忆当年，口角声传江左右，红了天边”，对革命的丰功伟绩大力颂扬，“犹见翩翩邓政委，策马挥鞭”。此外，在《百色起义纪念馆赋》中，他深情地悼念革命英烈：“豪情悬日月，碧血沃中华”，并高呼“容光焕发写春秋，碧水人家日月留”，“千秋浩气柱长天，三百万人奋向前”，“逐浪英雄业，飞车中国龙”。诗人正是借此鞭策人们要继承革命优良传统，不断开创美好未来，表达出强烈的政治责任感和革命理想。

有人说改革开放是中国无产阶级的第二次革命。确实，改革开放给祖国带来了天翻地覆的变化：国强了，民富了，思想文化素质提高了，高尚的道德品质形成了。这对于常以政治律己的诗人来说真是“乐心中”“喜无眠”。“诗言志”“山传情”，诗人以山水作为歌咏对象，表达了自己对社会进步的喜悦之情。听，“后龙山下市解稠，楼宇连云百越州。烟翠红霞如画里，一城春色映江流”（百色山城），然而，这些辉煌成就怎样得来的呢？靠的是“十六大会光万丈，小康境界换人间”；靠的是“右江涌日小康暖，科技农工弦曲赢”，“白云楼映日，桃李树连云”；靠的是“盛会开百族如一人，先锋列”，“更边陲昂奋后龙山，雄关铁”。总的一句，靠的就是改革开放——“改革声传江左右，更风光万里总书记”。啊，够了！山水、改革开放和诗人已经融为一体了，物就是我，我就是物。

《走笔山河》内容共分为两部分，第二部分《华夏揽胜》写诗人游览全国各地名胜古迹时所见所闻所感，同样表达了他的政治激情，这里就不多叙了。特别要添上一句的是，诗人用古诗词格律写作，一方面可唤起人们对古诗词表现形式的兴趣，另一方面对继承祖国文学遗产具有极为重要的意义。

完美的意境创造增强诗的艺术魅力

——读雷奇文副教授《涓埃集》偶得

雷奇文副教授出版的《涓埃集》（香港天马图书有限公司2004年2月）共收入他50多年来所写的500余首诗词和100多副对联，标志着他的诗词已形成了自己的创作特点和艺术风格。《涓埃集》的成功主要体现在诗的意境创造上。诗的意境为诗提供了审美高度，体现了诗人的情感世界。《涓埃集》在意境创造上的特色增强了诗的艺术魅力，丰富了诗歌的创作，对诗歌特别是近体诗的发展有着深远的意义。

意境创造的新与深是《涓埃集》的一大特色。“新”是新颖，不入俗套；“深”是指在前人的基础上更进一层的再创造。《野菜》写道：“幼食草根糠并参，中年忆旧苦难堪。老来野菜花钱买，解腻清心味最甘。”过去衡量贫富的一个重要标准是食，吃野菜者贫，吃大鱼大肉者富。然而诗人打破俗规，重新创造，把吃野菜者视为富，因为能“解腻清心”“味甘”，一下提高了一层境界。在《新航标邓小平》诗中：“东山再起呼风雨，南海巡行鼓浪潮。”“鼓浪潮”是多么令人寻味的意境啊！这首诗情景相融，令人印象深刻。《临江仙·桂腾飞》下阕：“希望工程春笋茁，壮乡处处书声。苗山瑶寨彩云蒸。群雄飞骏马，锐志闯新程。”过去人说“彩云飞”，今用“彩云蒸”，措辞非同一般。

意境创造的圆滑和自然是《涓埃集》的另一个特色。诗的意境包括两方面，即景物与表情，这两方面体现为“物为我，我为物”，两者浑合，天衣无缝。《党颂》中言：“南湖喷薄涌朝阳，破浪红船首起航。普渡人民登彼岸，神州苦海变天堂。”这里的“南湖景物”与诗人作诗时的心境十分吻合。只有南湖红船迎朝阳乘风破浪，才有神州万民直挂云帆济沧海。豪迈自然，毫无雕琢。“航道茫茫灯塔亮，惊涛骇浪不沉沦”，这与诗人的“贵精神”交融无痕。“晚霞山影日徐徐，苦尽甘来心不虚”，晚霞之景与诗人“心不虚”合成一个整体，令读者读时流畅味甘，读后回味隽永。

《涓埃集》内容丰富、题材广泛，但十分注意筛选景物事件进行意境创造，从而精确地表达诗人的情感。其诗以奇山异水、遐名景观创造意境，表达了诗人热爱祖国人民，热爱党的事业，并愿为其献身的精神；以革命圣地独特的碑塔和纪念馆为象征，表达诗人对革命者和革命烈士的敬佩以及决心继承革命遗志，全心全意为人民服务的信念；以大量的动植物为意境，表达诗人对改革开放所取得的伟大成就的喜悦心情；以突变事件创造意境，歌颂新时期的巨大变化；以人物的生动事迹创造意境，表达诗人爱与憎的思想情感；以缥缈的幻想创造意境，表达诗人对美好未来的追求。且看《天安门》:“威严壮伟耀苍穹，一杆红旗卷大风。宝殿煌煌存古迹，丰碑矗矗颂英雄。百川归海民心向，寰宇来仪国势隆，检阅貔貅钢铁旅，新华屹立亚洲东。”这首诗捕捉了天安门广场这一景，以简练的笔锋描绘出她的特别意义，体现了诗人对“国势隆”“民心向”“屹立亚洲东”的自豪和崇高的政治责任感，这就是该诗的意境，多么有艺术魅力啊!

雷奇文的诗句句有景，句句有情，读者只有通读全诗，加以分析，才能领会到诗的意境。有时一首诗只有两三个意境，但它们之间紧密联系，共同组成了一个完整的大意境，感染性更强，也更突出主旨。

诗人雷奇文博学多才，资深文茂。余几次提笔而不敢言语，唯恐有悖，使其光辉受损。终有一夕，夜阑人静，鼓足勇气，促成数行，如有谬者，祈诗人读者见谅。

山乡发展观：彻底改变恶劣的自然环境

——读吴和培副研究员
《县委书记山乡发展观：以田林为例》

退休闲居，少与外界接触。最近，书桌上摆有吴书记赠送的《县委书记山乡发展观：以田林为例》一书，一口气读了一大半。我大学毕业后曾在农村工作二十多年，也曾考虑如何改变农村面貌，然而读完这部专著才真正领会到，彻底改变恶劣的自然环境是山乡发展的希望所在。这个发展观点，具有普遍性、经验性和指导性，意义是极为深远的。

改善交通是山乡发展的基本观点。该书指出，山高拔、水奇缺、路不通这三大障碍极大地制约了山乡与外部世界的联系。“靠山吃山”“种豆得豆”是千百年来不能改变的现实，经济落后、思想愚昧、生活潦倒是山乡的主旋律。为此，本书作者凭着多年的工作经验，高瞻远瞩地提出劈山、蓄水、开路的宏伟规划。劈山就是把连片的小山削为平地，造良田、建工厂；蓄水就是大搞山塘水柜，以中小型水库为主，保证农企用水；开路就是村村屯屯通公路。实践证明，交通的改善是山乡发展的重要条件，是一项浩大而复杂的工程，不是一两代人就能够完成的。书中前部分论述的发展内涵和可持续发展理论正为这一浩大工程打下了思想基础。我们无不赞叹这部著作是理论联系实践的典范，是展现和实现山乡美好未来的金钥匙。

因地制宜、充分利用土地资源打造品牌是山乡经济发展的关键。作者借鉴香港成功的经验，提出农村要大力发展社会主义市场经济，建立山区八大农业商品基地和五大地方工业体系，使农村逐步走上城市化道路。作者还参照珠江模式和苏南模式，建议大力调整产业结构，“把牧场办到千家万户之中”，打造田林八渡笋、八角油、猕猴桃等全区乃至全国的著名品牌。山多石头多，石头也是资源，利用石头做原料可兴办水泥厂、石料加工厂、碎石粉石场，甚至可以引进资金、设备、技术、人才，创办人造纤维厂。只有不断开拓进取，才能把山乡的“不毛之地”改造成为具有现代化农业和工业体系的现代化地区。这难道不是改造恶劣自然环境的一种表现吗?

大力发展林业，保持生态平衡是山乡脱贫致富的一条重要途径。山乡地域辽阔，众山连绵，可在“山”字上做文章。近山小山可以发展种养业，大山石山可以发展林业。发展林业，可保持生态平衡，能增加群众收入，储备资金发展生产，更重要的是能够防止旱涝和水土流失，还能净化空气，使当地保持适当的温度和湿度，为人类居住和工农业生产创造良好的自然条件。

争取政府重视。来自社会的支持是山乡发展必不可少的条件。千百年来，山乡十分贫穷，要改变恶劣的自然环境，要实现农业现代化，建立地方工业体系，单靠自身的努力是不够的。只有得到足够的政府重视和社会支持，大批的资金和技术力量才能到位。十多年来，田林县积极争取到了不少资金，引进了多项设备和技术，再加上自我发展，经济发展和城乡建设速度青云直上，人民生活水平不断提高，这是一个很有力的例证。

吴和培书记离开山区县已经十多年了，此后他一直在城市高校从事领导工作，但他仍对过去的工作和山区人民的贫穷生活十分关怀，体现了一个领导干部对党的事业的赤胆忠心。他的情感、他的心已经矢志不渝地和山区事业、山区人民连在一起。他想山区人民所想，爱山区人民所爱，并常为他们出谋划策。但愿山区的县委书记们能通过这部专著得到更多的启迪、更大的收获，为改变山乡贫穷落后的面貌献出自己的青春和力量。在“三个代表”重要思想指引下，我们一定能到达巅峰。

一股春潮在涌动

——读李玉田教授《广西百色反贫困研究》

人类自诞生以来，就在不断地追求美好幸福的生活，他们与自然为战，与人为战，与科技为战，就是要挣脱贫困，创造更美好的生活。李玉田教授撰写的《广西百色反贫困研究》一书（广西师范大学出版社 2003 年 9 月版），真实地记录和研究了百色人努力拼搏、战胜贫困的战斗历程。可以说，这部书是百色人反贫困史上的一颗明珠。

对历史进行整体研究，具有很强的现实指导意义。该书首先指出百色市长期处于贫困状态，并从人的观念、自然环境、贫困程度等角度出发，找出了贫困的根源和特点；接着指出了百色近 20 年内的方针政策、计划措施及反贫经验，找出了反贫的工作规律和方法，最后分门别类地进行研究。这项研究建立在现实的基础上，有较强的说服力。研究结论鲜明独到、创新脱俗，具有深远的指导意义，且问题研究具有普遍性，对各种类型的反贫现况均有帮助。尤其重要的是，该书立意紧跟形势，充分体现了“三个代表”重要思想在基层的实践。群众的生活疾苦、人民群众生活水平的不断提高，是党中央和国务院最关切的问题之一，反贫困正反映了这点。

书中所选的材料蕴含着百色人的情感，展现了百色人为了美好生活而奋发向上的努力，这便是百色大地上涌动的一股股春潮。通读全书，我们似乎听到了百色人的心声，闻到了百色泥土的芬芳，看到了百色干部群众的奋斗。写论文，主要讲究论点、论据和论证方法，因此，一般来说很难从材料中看出人物的感情和活动，使读者获取一定的感性认识，而该书却做到了这一点。例如，书中引用百色 10 县 1015 个贫困村过去困苦状况的资料时，我们仿佛听到了 232 万贫困百姓渴望脱离贫困的呼号。20 年后，他们大多数已实现脱贫，我们又仿佛从数据中听到了他们的笑声。在论证材料中，我们确确实实看到了人们开山劈岭，大搞甘蔗芒果“世界”，让山富田丰；群起挖塘建池，解决人畜饮水和农田用水；乡亲们振臂抡锄，大打乡村公路大会战；农友们纷纷告别茅草房，新的建筑如雨后春笋；男女老幼齐上阵立杆拉线，家家户户挂上了“夜明珠”；建站设网，村村通广播电视；捐资助学，改善学校办学条件；划地分立，实行移民异地开发；组织剩余劳力外出务工，增加家庭经济收入。我们也看到了广东省和港澳地区的领导和企业家的身影，他们的同情与支持给了百色人很大的鼓舞。那么波澜壮阔，那么铿锵有力，那么完美，那么具有创造力！百色人的心灵美将会创造出光辉的未来。

李玉田教授是一个不可多得的区域经济研究专家，他生于斯长于斯，对百色的山山水水非常熟悉，十分同情贫苦的劳动人民。他曾说过：“我是百色大地的儿子，我始终与百色人民同哭同笑。”他年轻有才华，加上辛勤的耕耘，近年来在繁重的教学工作之余写出了十几篇很有分量的振兴百色经济的学术论文，为百色市的经济腾飞做出了一定的贡献。《广西百色反贫困研究》是他深入实地调查情况，用现代的眼光和方法分析研究的结果，是一部独具特色的好书。

结论：必须实施工业立市战略方针

——二读李玉田教授的《广西百色反贫困研究》

李玉田教授的《广西百色反贫困研究》一书得出了这样的一个研究结论：只有实施工业立市战略方针，走社会主义工业化道路，贫困问题才能得到彻底的解决。这个结论揭示了反贫困的社会规律，指出了反贫困的正确方向。

百色市面积362平方公里，人口360万，其中10个县（区）的1015个村长期处于贫困状态，232.49万人生活在温饱线下。50多年过去了，为什么还存在着这样严重的问题呢？作者清楚地看到有“九分石头一分土”“穷山恶水”之称的百色市自然条件之恶劣。但他发现了这里的区域优势条件和无穷的潜力。例如，经过调查和勘测，他发现该市有31种地下矿藏，特别是锡矿、煤矿、石油、天然气极为丰富；河流纵横十弯九曲，落差大，水电充足；亚热带经济作物特别是芒果、甘蔗、龙眼、八渡笋、八角等产量很大，前景乐观；旅游条件优越，尤其是大石围天坑群、靖西“小桂林”及红七军旧址，还可带来轻工业和小手工业的发展……这些正是百色市实施工业立市，走社会主义工业化道路的物质基础。

全书分总论和分论两个部分，这两个部分贯穿着以工业为主导的思想内涵，暗地里以一条红线统领全书。

以工业立市实现工业化，促使经济持续高速发展，反贫困才有雄厚的资金投入。作者认为，“贫困”一词的定位有两种标准：一种是生活未过温饱线者，另一种是生活水平未达到国家整体平均生活水准者。前者经过两三年或四五年的努力奋斗，短期内可以解决，后者涉及面较广，有农村的返贫者，还有城镇的无业人员、下岗人员和不景气的工矿企业职工，这就要通过长期的努力奋斗，实现该区域工业化才能得到解决。因为只有实施工业立市，完善工业体系，经济才能得到持续高速的发展，政府才有更多的资金投入农业生产，大搞农业基础设施建设，大办乡村企业，从而使当地贫民摆脱贫困，实现共同富裕。

工业立市实现工业化拉动相关产业蓬勃发展，反贫困才有更远大的前景。该书全面系统地论述了近年来百色市经济结构调整后，十大基础设施建设腾飞、自然生态恢复、科教事业发展等种种变化，提出了反贫困的丰富经验。然而，要使贫困变富裕，全体人民都过上小康生活，必须因地制宜，走工业化道路。只有工业的发展，才能拉动农业、建筑业、轻工业、手工业、旅游业、饮食业和相关行业的高速发展。社会生产力提高了，反贫困才算胜利。所以，该书最后说的“全面实施新阶段反贫困规划，努力实现反贫困新跨越”，正是这一前景的具体体现。

工业立市实现工业化，为农村剩余劳动力和城镇无业人员提供了就业机会，增强了脱贫的稳定性。一般来说，贫困地方耕地面积少，剩余劳动力较多，城镇无业人员从业能力较差，因此双双陷入贫困。如果有政府的指导，便能在该区域内大力发展工业，大办企业，这些劳动“大军”就有工作可做。他们一方面能为经济发展贡献力量、展现人生价值，另一方面可以帮助家庭脱贫致富。当然，这些劳动“大军”也可以下广东、去海南，但缺乏稳定性和长期性。书中说“对口帮扶（包括劳务输出）不能从根本上消除贫困”，“贫困区域区位条件优越，自然资源以及人文社会资源丰富，贫困者把脱贫致富的希望寄托于资源的开发利用上”，也就是说，本土人利用本土资源脱贫致富，那是最稳妥的。

通观全书，以章节较为系统论述的工业化问题确实少了些，但在整个论述过程中直接或间接体现工业化为主导的思想内涵，这是这部著作的一大特色，当然也是值得商榷的地方。

学术研究

试谈迈向 21 世纪信息产业化的图书馆

摘要：本文论述信息产业化是 21 世纪图书馆的必然趋势及建立信息产业化的途径。

关键词：图书馆；信息；产业化；网络

计算机与电子通信的有效结合诞生了空前的高精尖新技术，并以潮水般势不可挡的力量推进到世界每个角落。亚欧大陆远程海底光缆、通信卫星、微波、电话线通信传输使人与机器之间相互作用形成了“远程通信教学”“远程通信社团”“电子别墅”和“家庭通信网络”，这就有效地代替了运输和传送，而且快速、便捷、精确。

21 世纪的图书馆发展成为信息产业化的图书馆，这是必然的趋势。我们先来看 20 世纪 80 年代世界图书馆的发展：在法国，开始把计算机作为与 19 世纪铁路、电力那样用来改变“社会机体的整个神经系统”。在图书馆领域内，制造商集中精力改进数据库处理系统的可用性和检索能力。在英国，调查数据处理开始与传送方面同图书馆结合起来。英国图书馆声称："趋向这样一种局面：大量信息，图书期刊和其他出版物的全部内容都能用电子技术手段小型低耗地贮存、查询、检索，并且可以迅速、经济地以各种形式获取。""在一张7英寸的磁盘里，人们能够存贮50万页的印刷文字。"在美国，私人文件图书馆被称为"memex"。"memex"一端是存贮的资料，体积问题可经改进的缩微胶卷来解决，内部一部分用于存贮，其他的是机械装置。如果一天输入5000页资料，要花数百年时间才能填满贮存器。在我国，直径为30厘米的光盘就能容纳几十亿字节，如《人民日报》，10年的全部内容可以存入一片光盘中。只要计算机与光盘信息输出装置连接，即可用计算机终端调阅所要看的文献的原文内容。从1980年到1985年，我国国际联机情报检索终端由1台发展到33台，分布在全国的17个大中城市里，并通过国际通信网络，与世界上有影响的七大情报检索系统联机，可检索的数据库超过500个，文献量达2亿篇以上。到1985年6月底，我国已完成21 000多个国际联机服务课题。20世纪80年代，世界图书馆专家霍尔和布朗提醒我们："如果我们没有忘记世界最大的图书馆所从事的大量索引工作，仅仅为一两千万文献单位的藏书提供了钥匙，我们就会清楚地看到，即使在最小的图书馆，利用一台简单的计算机终端所产生的力量，也足以震古烁今了。"计算机和通信技术的革新和发展，为图书馆的信息产业化扫清了道路。

计算机技术和通信技术的发展使现代信息技术发展取得了

重大的突破。早在1991年，美国议员阿尔·戈尔就提出了美国信息超高级高速公路法案，克林顿政府为此制订了“国家信息基础调离行动计划”，即“信息高速公路”。信息高速公路是一个高速计算机通信网络，目前互联网络（Internet）是仅有的国际信息高速公路。到1994年7月，Internet已有320万台计算机与之连接，与35万个局域网相连，遍及75个国家，每月传递15亿包数据，有2100万份可供检索的文件。1995年，我国已有800多个数据库，5000多条信息高速公路，组建开通了中国分组交换网和中国分组数据公用网。欧共体、加拿大、英国还将不惜重金来建设信息高速公路。一场“信息高速公路”的革命在全球范围内悄然兴起，并在各国掀起信息浪潮。这样我们在终端查询我们所需要的资料时，只需五秒或更少的时间，就能及时地进行情报检索。如医生可以即时处理紧急医疗问题的情报资料，投资商可以查询全球的市场风云以便把握投资方向。信息高速公路的形成，加快了信息的流通，为蕴含着丰富资源的图书馆的信息产业提供了条件。有专家预测，图书馆将是21世纪20个热门行业之一，其中最具有发展潜力的就是图书馆的信息产业。那么，怎样建立图书馆信息产业结构呢？

建立科技信息网。全球的经济与科技的发展决定了我们的信息离不开科技环境。就科技本身而言，它覆盖了工、农、航等领域，而这个范畴又与人类发展息息相关。这就是我们平时常说的“经济建设必须依靠科学技术”以及“科学技术是第一生产力”。随着社会科学技术的发展，我们建立的科技信息网并非局限于某一学科之中。工农业生产的科研、生产、经营方式，市场的进步，航空航天研究的突破等任何一项具有重大影响的技术都以“无形的方向放射状”使学科研究趋于纵横交叉化。因此，我们建立的这个科技网络应由单元化发展为涵盖科技、军事、政治、经济、文化、技术经济、市场贸易、科学管理、技术政策、发展战略等重大课题的科技信息网。科技信息网主要把客观知识世界通过信息的渠道变为主观的知识世界，投放市场，转而化为经济效益。我们用简单图示反映其全貌：

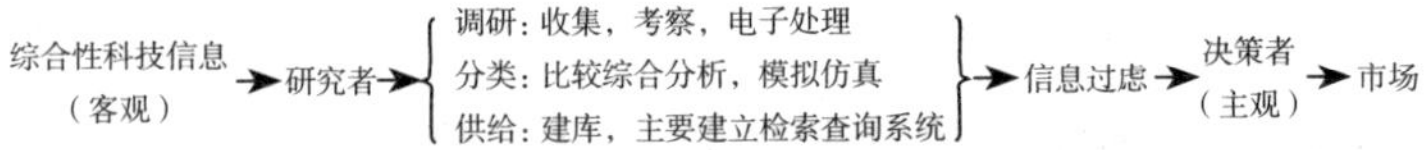

在此图中可在网上查询过去的有关科技信息及进行市场预测，并能仿真模拟演习，把握全局。可以说，这是此网绝妙的一手。

建立经济信息网的具体内容包括能源的开发和保护，经济技术的发展，信息设备及软件的安装、维护和修理等。在经济领域中微观和宏观的管理对市场做出的快速反应，我们同样可用最简单不过的图示来表明：

因此，包括市场竞争、环境变化、阻碍因素以及应变方反馈，需通盘考虑，才能正确实行能适应市场变化的战略。有形的信息市场，是在确定的时间，利用固定的场所为信息供求双方提供直接见面洽谈的机会而建立的经济信息网。而无形的信息市场里，双方可在远距离场所进行洽谈磋商，最后做出相应的决定，十分快捷。

经济信息网是21世纪图书馆获得社会承认和经济利益的重要手段，专家们在1996北京国际图联会议中也曾提到“把图书馆建成21世纪经济信息中心”。也就是说，随着高速信息公路的发展，图书馆也要革新，要沿着以经济建设为中心这个大方向不屈不挠地前进。

目前全球已由军事竞争转为经济竞争，而经济竞争取决于经济信息竞争，这一竞争被称为“没有枪声的战场”。有资料表明，某些经济大国的首要机关部门都安插着国外的“掮客”，这些“掮客”的主要任务是取得经济大国的经济信息，然后源源不断地“上网”输送回本国。可见谁能在经济信息竞争中获胜，谁就是经济大潮的领头人、“掌舵者”。作为信息源的图书馆也应涌进这股大潮，并成为“掌舵者”。

建立媒介信息网。媒介是图书馆信息产业化的“急先锋”，由它把静态的信息转化为动态信息从而进入市场。前段时间有个报道说，日本科技人员正将西红柿的各种培植技术全部输进电脑网络，并通过媒介宣传其价值、作用，再输入农业网中（科技网，前面我们所阐述的）。这样农民就可以通过电脑，根据市场的需求采用不同种类的培植技术，调节西红柿的颜色、形状、营养价值和大小等，产生丰富的经济效益。这些信息是图书馆所持有的财富，它将为农、科、教提供最快捷、最有价值的信息。

这三网在21世纪的图书馆中互相联系、相辅相成，缺一不可。以市场为核心，以科技信息为龙头，以经济信息为纽带，以媒介信息为先锋，与其他信息产业做激烈的较量，随着1996年北京国际图联大会发出图书馆“迈向信息时代”的呼声和 Internet 互联网络的飞速发展，图书馆正朝着电子化的“无墙图书馆”方向迈进。到下世纪末，Internet 就可深入家庭，各种信息可直达每一个用户，高速运转的信息时代即将来临，21 世纪的图书馆信息产业在高科技时代将会产生更加迷人的魅力！

（本文发表于《广西右江民族师专学报》1999 年第 1 期。作者：莫昌檀、班华）

论专科学校如何实现图书馆自动化

摘要：介绍图书馆自动化发展史和当前我国高校图书馆自动化发展状况，并论述专科图书馆如何组织实施计算机自动化管理，同时对实现自动化的各个环节提出一些具有可行性的实施方案，使读者对专科学校图书馆实现计算机自动化管理有一个初步的认识。

关键词：自动化；单机系统；网络系统；应用软件

美国计算机应用专家 S.A.Salman 在他写的 *Library Automation Systems* 一书中给图书馆自动化下了确切的定义：“图书馆自动化，是利用自动化的数据处理器来完成诸如采购、编目和流通等传统的图书馆工作。”但是，从 1890 年美国的赫尔曼、哈雷斯发明的“穿孔卡片机”到 1936 年拉尔夫·帕克在德克萨斯大学图书馆安装的“穿孔卡片的机械化系统”，就经历了 46 年之久。随着电子技术的迅猛发展和计算机技术的不断提高，图书馆自动化只用了近二十年。为什么美国能在 20 世纪 70 年代就发明了世界著名的 OCLC 系统（Online Computer Library Center, Inc.）、RLIN 网络（Research Libraries Information Network）以及 DIALOG、ORBIT 和欧洲的 ESA-IRS 等联机检索系统？不外两个原因：一是计算机应用的普及以及计算机从数字化向非数字化应用的转变；二是人们在科技教育等方面愈来愈依靠图书馆。实现自动化，是图书馆的当务之急。因此，图书馆实现自动化势在必行。

由于条件限制，我国的图书馆自动化发展还是近几年的事。目前，高校图书馆发展比较迅速，除与高校拥有人才和先进设备有关外，还因教学和科研对图书馆的依赖，刺激了图书馆自动化的发展。图书馆如果实现了计算机管理自动化，就能大大地提高图书馆的服务质量，使读者成为最大的获利者。它还可以让读者以最快的速度准确地查到所需要的文献资料。

自 1986 年我国实现汉字信息化处理以来，计算机在高校图书馆中的应用在一定程度上得到了普及，并开始从原来单一的西文处理向中文文献处理发展，而且有条件的高校开始研制图书馆自动化管理系统，发展迅速。在文化经济较为发达的地区，相当一部分高校图书馆已全部实现了计算机管理，涌现了北京大学的 PKUBIS 系统、上海交大的 MILIS 系统、深圳大学的 SULIS 系统等系统。但是，纵观我国高校图书馆自动化发展现状，还是很不平衡的，其自动化的实现是以重点院校为主，普通院校为辅，专科学校微乎其微。绝大多数图书馆不但经费短缺，而且人才相对缺乏，要实现自动化困难重重。即使如此，自动化仍是一个目标和趋势。如何在专科图书馆实现自动化是亟待研究的一大课题。

专科学校不像其他院校在人力、物力、财力上具有优势，图书馆发展自动化也要根据自身的实际。大多数专科学校图书馆拥有1000~2000个读者，10万~30万册藏书，在经费紧缺的情况下，如何实现自动化，涉及许多方面的因素。现今许多高校图书馆都要经过3~5年的开发、调试，才能完成自动化系统。目前，虽然一部分高校只是将单机批处理系统用于馆内某些业务部门的管理，还没形成全部网络的自动化，但是，它给实现全馆性的自动化提供了宝贵的经验。因此，我们认为，专科学校图书馆要实现自动化可以通过以下几个途径：

1. 成立图书馆自动化实施小组

计算机管理自动化，是图书馆现代化的一个最为重要的内容。成立自动化实施小组，就能根据本校的财力、人力的情况来进行决策，自定可行的实施方案。这个小组成员应包括校领导、馆领导、图书馆专业人员和计算机专业人员。要求有一些业务能力较强、懂技术的专业人员去担任自动化的系统分析工作。

2. 注意硬件的配置

（1）如果经费少，实施单机批处理系统是理想的选择，那么，硬件的配置就较为简单，选配CPU为80286的系列机型，具备40MB~60MB硬盘、360K以上的内存的计算机外加LQ系列打印机就可以。但若希望现购的单机能在往后的网络服务中作为服务器（中心主机）使用，那么选用CPU为80386或80486的系列机，且具有4MB以上内存的计算机就可，硬盘的容量可以根据处理量的大小而定。

（2）网络系统就是在馆内各业务部门设立的工作站（或终端），然后以一至两台高性能的微机用通信线缆连接而成的系统。根据业务点、读者、藏书、经费等数量决定该网络系统的硬件配置。网络的形式虽然丰富，但大多数仍以多用户和Novell网为主，但无论是什么形式的网络，它们对主服务器（中心主机）的性能都有较高的要求，CPU为80386或80486型的计算机都可满足。多用户和Novell网的区别在于操作系统及其与主机相连的微机设备不同，多用户采用XENIX、UNIX操作系统，与主机相连的是最终端，它具有优越的分时功能、完美的文件共享性，可建立较大型的数据库和较高的性能价格比等优点。而Novell网是以被称为“服务器”的主计算机和被称为工作站的PC/286/386等机连接起来的，它具有软硬资源共享性、协调任务性及安全保密性和方便收发电子邮件等优点，但硬件投资比多用户系统大。网络是由相应的操作软件和相应的硬件组合而成，根据一般图书馆的业务特点，可用两种网络形式如下：

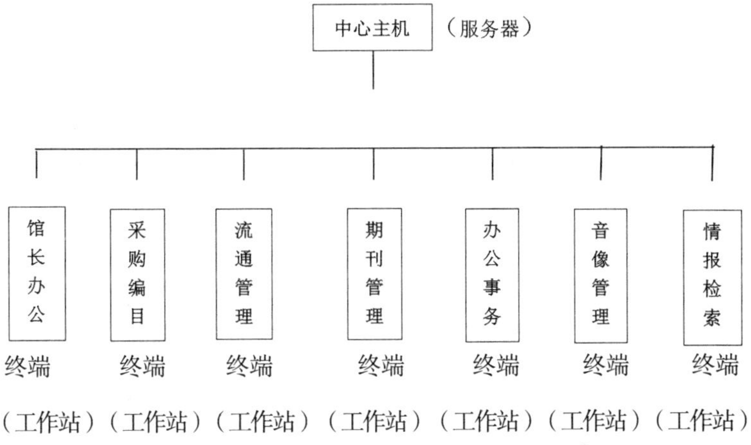

多用户系统（Novell 网络系统）

3. 应用软件的开发和引进

因管理的手段是计算机，管理的内容是图书馆业务，因此，要实现自动化，图书馆专业人员和计算机专业人员必须通力合作。然而，专科学校目前开发应用软件比较困难，所以引进的应用软件需要既经济，又快速，只需短时培训就可使用，如果硬件是单机批处理系统，直接引进易于移植的小系统即可。该软件要求既能单机运行又能入网运行，不至于造成网络资源的浪费。如硬件已配置网络环境，全套应用软件的引进是最为必要的。无论是单机还是网络，采用的应用软件在处理数据时要为标准格式，这有利于标准数据库的建立和馆际共享，所有文献著录符合 ISO-2709 和 GB2901 标准，即西文 LC MARC 格式，还要求软件具有处理可变格式记录和可变长字段数据的功能，这给广泛的资源共享创造了条件。目前北大图书馆发行的《中国国家书目机读目录》数据源均为以上标准。也就是说，应用软件必须具有可移植性、符合标准格式、用户界面发展良好和保密安全的特点。目前符合以上条件的应用软件有北京大学的 PKUBIS 系统，西安交大的 XUILS 系统，深圳大学的 SULMIS 系统和深圳市图书馆的 ILAS 系统。其中，深圳图书馆的 ILAS 系统已通过文化和旅游部鉴定，并以 MC-ILAS 的通用产品形式向全国推广。当然还有许多院校馆开发的各式各样的系统，其中，如采购、编目等系统就更多了，但由于大多数采用 dBASE 的编程，不仅运行慢，且不符合 ISO2709 和 GB2901 标准，无法共享数据源。

4. 人员培训

在引入软件的同时，要开展软件人员培训，经过短时培训，工作人员基本上就能操作各系统软件。此外，还要挑选责任心强、懂技术的人员负责系统的管理和维护，同时加强硬件维护技术人员的培养。

总之，专科学校图书馆要完成自动化，要有校级领导的重视，图书馆本身也要做好基础工作。图书馆实现自动化，是自身的一场变革。这一系统工程，可谓任重道远，但不会为期太远！

（莫昌楦、班华）

师专图书馆应为发展地区经济服务

在社会主义市场经济迅速发展的今天，随着生产力的提高，对高容量、高科技的情报信息的需求量大幅度增加。因此，独具文献收藏特色的专科学校图书馆愈来愈受到人们的重视：社会上的读者想冲入这座高深的“围城”，图书馆本身也想冲出这座高深的“围城”，大家都想在此获得更好的经济效益，发挥自己的力量，为国家建设做出贡献。本文将就师专图书馆如何走出“围城”，服务社会，谈谈自己的想法。

师专图书馆经过20世纪70年代的整顿，发展较快，目前各图书馆藏书量大多在15万册至30万册之间，而且期刊报纸、外文资料和最新研究资料的数量都成倍增长。丰富的信息资源，不但能满足学校的教学、科研的需求，也能满足社会的需求。然而，师专图书馆至今还固守传统的服务方式，丰富的情报资料只在学校范围内流传，没有充分发挥其应有的作用。也就是说，“固化了的情报”或“情报化石”只限于师专学校师生使用。

封闭性的职能目前已跟不上市场经济发展形势，也阻碍了图书馆自身的发展。早在 1913 年，列宁就指出：“图书馆骄傲和引以为荣的，并不在于它拥有多少珍本书，有多少 16 世纪的版本或 10 世纪的手稿，而在于如何使图书在人民群众中广泛地流传，吸引了多少新读者，如何迅速地满足读者对图书的一切需求，有多少图书使读者带回家去，有多少儿童要求阅读图书和利用图书馆？”这里的“人民”包括校内外读者，这里的“图书馆”也应该包括师专图书馆。改革开放十多年来，我国高校图书馆对社会化问题也进行了多方探讨，并取得了实践经验，为今后高校图书馆的社会化发展打下了基础，如文献加工的标准化和规范化、开展有偿服务活动、加强情报工作等。

师专图书馆社会化的途径是多方面的，最主要的便是以发展地方经济为己任，扩大科技信息覆盖面。

师专一般坐落于边远山区和少数民族地区，那里长期以来政治经济、文化教育、交通都比较落后，改革开放后，经济建设才开始发展起来，目前最缺乏的也是最需要的就是科技信息。邓小平同志说：“科技是第一生产力。”因此，我们若将最新的科技信息送到村村寨寨，送到工矿企业，将对那里的经济发展产生巨大的作用。我们可以编印科技信息简报，发至各县、乡、村、屯，甚至个体户。我们也可以实行馆厂挂钩，县办、乡办企业厂矿由图书馆或由图书馆建立起来的信息中心提供情报资料或科技知识。而当前，各县乡政府谁能抽出大量资金投入信息服务？就连条件较好的县市图书馆每年购书经费都不过才千百元。在这种情况下，享有“知识的宝库”“知识的喷泉”

之称的师专图书馆，当然应当承担起这个责任，把丰富的馆藏资源，通过各种不同渠道，覆盖到整个地区，尽量满足人民群众的需要。

协助各级政府办好图书馆（室），形成校、县、乡、村信息网络。农村和工矿企业需要信息资料，首先考虑的是就近方便。如果各县、乡、村都建立和健全图书馆（室）了，此时由师专图书馆牵头，组成一个信息网络，可使各网点互通信息、资源共享，既方便省时，又灵通实惠。师专图书馆和县、乡、村图书馆（室）以及信息需求者能否密切配合起来呢？我们可以用简明的图示描绘这条信息流水线：

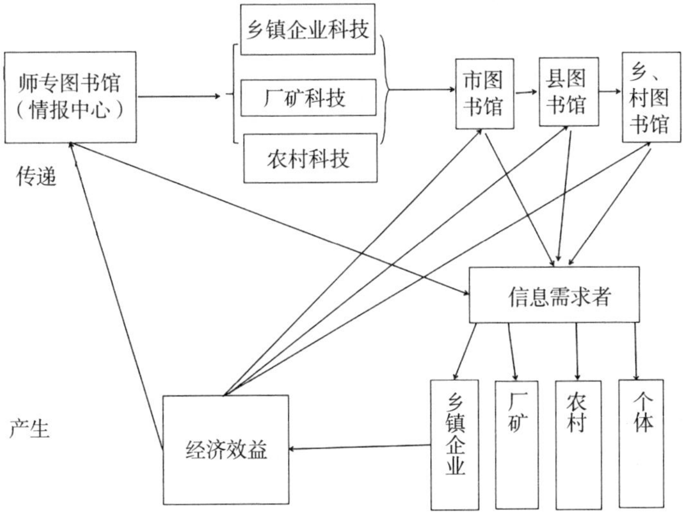

由图示可以看出，作为信息源的师专学校图书馆以及信息传递（中介）的市、县、乡、村图书馆（室）和信息需求者的生产部门乡镇企业、厂矿、农村科技，都为各自应尽的职能和经济利

益明智地结合成一体。"请进来，走出去"，实行信息扶贫。过去，师专图书馆与各地的企业、厂矿因业务上没有牵连，两者似乎"无缘对面不相识"，互不往来。现在，时代的发展与社会的进步为科技图书资料的开发和利用提供了良好的背景。对于农村企业和厂矿，师专图书馆除了提供信息和办借阅证外，我们还可以"走出去"。师专图书馆专业技术人才众多，他们不但掌握收集整理信息的能力，也具备一些行业的专业知识，可以协助乡镇企业搞农产品加工，帮个体户搞养殖业。因此，师专图书馆可以实行人才分流制，一部分专业人员在学校为广大读者服务，为教学科研服务，另一部分专业人员组成情报咨询小组"走出去"。他们一方面为企业厂矿和个体户提供市场需求信息、新技术信息，另一方面到这些单位协助搞技术革新，开创新产品，打开市场新局面。农村是个广阔的天地，专业人员可以与农民共同商讨发展农村经济的道路，决定开发项目。比如种养加工，由我们提供技术资料，他们负责管理，收获后按一定比例分成，既发展了地方经济，又解决了图书馆经费不足的问题，促进图书馆事业的发展。

师专图书馆要为地区经济发展服务，迫切需要解决工作人员的素质问题。可以通过这三种方式提高工作人员素质：其一，调动或聘请具有技术力量的科技人员到图书馆工作，克服过去那种把老、弱、病、残及家属安排到图书馆的做法。其二，对图书馆工作人员加强培训，多召开专业学术讨论会，并规定每年的科研任务，同时为他们创造条件，到厂矿企业去跟班学习，不断提高他们的专业技术水平。其三，加强对图书馆工作人员的思想政治教育，使他们安心本职工作，注意职业道德。更重要的是，使他们树立全心全意为人民服务、无私奉献的精神。只有这样，才能适应师专图书馆的发展，不然只是一句空话而已。

师专图书馆为地区经济发展服务之后，必然还会产生许多新的问题。例如，为地区经济服务后，图书馆不断增加经济类、科技类的图书资料，原来以教学为主的图书资料特色就被打破了。如果处理不好，将会影响学校的教学与科研工作。再如，读者占有图书资料的比例问题。为地区经济服务后的师专图书馆，当读者数量成倍增加的时候，读者数量与馆藏图书资料比就会失调，而阅览座位不足，也会使图书馆陷入困境。另外，师专图书馆社会化后，工作重点也要处理好，不能“胡子眉毛一把抓”，不分轻重。同时，社会化后，社会读者涌入学校，也会引起治安问题。对此类问题，我们要保持清醒的头脑，按实际情况认真处理好，这样，才利于图书馆事业的进一步发展。

世界图书馆资源委员主席沃伦·丁·汉斯预测21世纪的大学图书馆状况时说：“（1）活动形式的调整跟信息的产生、生产、供给和使用有关；（2）通过信息技术，许多研究性质和方法的改革有了可能；（3）基金会、政府商品观念和优势的更新，将集合成学院的规范，最好有可能影响到大学本身固有的东西。”这就给我们描绘了大学图书馆发展的美好蓝图，我们将为实现这一宏伟的目标不懈努力。

（本文发表于《百色学院学报》1996年第1期。作者：莫昌檀、班华）

师专图书馆与精神文明建设

摘要：本文主要探讨师专图书馆在社会主义精神文明建设中的作用。

关键词：师专；图书馆；精神文明

我国改革开放总设计师邓小平同志高瞻远瞩，对物质文明和精神文明建设的关系做了非常精辟的论断，他指出："不加强精神文明的建设，物质文明的建设也要受破坏，走弯路"，"经济建设这一手我们搞得相当有成绩，形势喜人，这是我们国家的成功。但风气如果坏下去，经济搞成功又有什么意义？会在另一方面变质，反过来影响整个经济变质，发展下去会形成贪污、盗窃、贿赂横行的世界。"邓小平同志对精神文明的内容进一步概括说："最根本的是要使广大人民有共产主义的理想，有道德、有文化、守纪律，国际主义、爱国主义都属于精神文明的范畴。"多年来，以江泽民为核心的党中央认真贯彻执行了邓小平这些指示，两个文明一起抓，使我国强大起来了。师专图书馆与两个文明有着密不可分的联系，它是精神文明建设的重要阵地。一方面，通过对书刊资料的搜集、整理和提供，师生接受到更多的精神文明教育；另一方面，通过图书馆的活动及工作人员的表率作用，师生在潜移默化中，在中国特色社会主义大环境下，培养和造就出一代新人。从这个意义出发，师专图书馆肩负着精神文明建设的重任。

师专图书馆开展精神文明教育要因地制宜。师专一般设在边远小城镇，那里经济文化都比较落后，其学生大都来自“老少边山穷”地区。由于历史和地理条件的限制，他们的思想意识、思维方式、生活习惯与城市的大学生相比有很大差异，相比之下显示出了他们固有的弱点。有的学生思想陈旧、安于现状，缺乏努力向上、发奋图强的精神，对人生价值更没考虑，甚至染上了酗酒打架的习气。有的学生迷信思想严重，信神信鬼、听天由命。还有的学生纪律散漫，集体观念淡薄。这些不良的精神状态如果不及时扭转，学校培养出来的人才将不符合社会发展的需要。

师专图书馆是高等学校三大支柱之一，它的任务不只是为教学和科研服务，也为精神文明建设服务，图书馆应当针对师专生在精神文明建设过程中存在的问题，开展相应的宣传和教育。第一，有的放矢地为学生提供有关精神文明建设的图书资料。图书馆工作人员要深入到学生中去，具体了解学生精神文明的现状，然后针对不同情况，为他们提供图书资料，因地制宜地给他们“增加营养”。第二，开设精神文明图书资料阅览室，把相关图书资料集中起来，让学生根据自己的需要进行选读。第三，开设地方文献资料室，主要收集本地区各民族有关精神文明的资料，包括不同时期的好人好事，各种人物无私奉献的事迹，破除封建迷信的典型事例等，这些资料学生容易接受。第四，采取多种形式开展精神文明宣传教育活动。图书馆可不定期出版板报、简报，召开读书经验交流会，组织书评活动、图书图片展览，大力宣传精神文明建设。第五，要求图书馆工作人员用自己的实际行动起到表率作用。特别是在职业道德方面，如无私奉献、默默无闻的服务态度和严格遵守各种规章制度等。

师专图书馆的改革方向应适应精神文明建设的需要。过去，只强调师专图书馆应利用其师范性和专科性来为教学和科研服务。但在目前新的形势下，应该进一步明确强调精神文明建设。正如前文所说，师专图书馆是社会主义精神文明建设的重要阵地，它以丰富的图书资料为师生源源不断地提供优秀读物，使师生接受良好的教育，摆正人生观和价值观，培养自我教育、自我管理、自我服务和自我约束的能力，帮助他们树立远大理想，成为一个“纯粹的人、纯洁的人、高尚的人、有道德品质的人”。所以师专图书馆为社会主义精神文明建设服务，不但不与图书馆服务宗旨相矛盾，还能通过这项服务得到深化和延伸，显示其全方位的服务性，使图书馆得到健康的发展。

那么师专图书馆如何改革才能适应精神文明建设的需要呢?

改革馆藏结构。以往，师专图书馆在经费十分困难的情况下，为了保持其师范性特色，图书资料购置原则总是“非专业性图书不买，非专业性期刊不要，非专业性报纸不订”，限制了知识的覆盖面，阻碍了精神文明建设，也造成了馆藏结构不合理的问题。本来师专图书馆是综合性的图书馆，它应购置各种各类的书报刊，特别是价值较高的普通读物，代表国内外优秀文化遗产的图书资料。这些读物可以使师生得到足够的“精神食粮”，反过来推动学生对专业知识的学习。笔者认为，师专图书馆专业性图书资料与有关精神文明的图书资料比应是5∶1，在经费上应首先保证精神文明图书的购置。

提高图书馆工作人员的素质。过去学校总是把师专图书馆当作安排家属及老病残的场所，致使图书馆工作人员文化程度及思想素质较低。近年来虽有提高，但还远不能适应图书馆发展的需要。为了摆脱这种不良状态，图书馆必须加强对工作人员的培训工作，办法是请进来送出去，“请进来”就是以后调进图书馆的工作人员必须拥有本科以上学历，“送出去”就是把本馆未达大专学历者送出去进修，或函授，或培训。为了搞好精神文明建设，图书馆必须拥有有政治思想工作经验、精通马克思主义哲学理论的人才，以保证图书馆工作的全面展开。

建立和健全信息咨询服务机构。该机构要定期了解和研究学生有关的问题与对策，收集、整理和加工有关精神文明的文献资料，如古今中外名人风范、英雄人物事迹、新道德新风尚，搞专题目录索引，或搞专题资料选编，或搞文献综合摘要，方便读者查阅。另外，该机构还要负责组织开展各种活动，采取多种形式加强精神文明宣传教育工作。

经常开展读书活动。开展读书活动是进行精神文明宣传比较有效的方法。图书馆可以经常开展一些征文比赛、演讲比赛、座谈会、报告会等读书活动，形成浓厚的精神文明气氛。师专图书馆拥有丰富的馆藏，能为开展读书活动提供物质基础，而读书活动的开展，又为优秀的图书资料的传播创造了无限的空间，无形中传播了精神文明的种子。经常开展读书活动，能促进文艺作品对人的积极作用，甚至改变人的审美价值和人生追求。这对学生确立科学的世界观和民族自豪感都有十分重要的意义。

师专图书馆拥有极其丰富的文献资料。要使它能够真正“以优秀的作品鼓舞人，以正确的舆论引导人，以科学的理论武装人”，为建设社会主义精神文明贡献出自己的力量，这是一件崇高的工作，也是一项艰巨的任务。我国是文明古国，我国的劳动人民以集体主义和爱国主义为立身之本。大禹治水三过家门而不入，霍去病“匈奴未灭何以家为”，文天祥“人生自古谁无死，留取丹心照汗青”的气节以及焦裕禄、孔繁森精神等，都是我们的精神标杆。我们今天讲的精神文明建设就是要继承和发扬民族优良品德，培养毫不利己、专门利人，全心全意为人民服务的人，把他们培养成一不怕苦、二不怕死，吃苦在前享福在后的人。师专图书馆应义不容辞地承担起这个责任。

（本文发表于《广西右江民族师专学报》1998 年第 1 期。作者：莫昌檀、班华）

专科学校图书馆应发挥情报职能作用

国家教委(教育部)颁发的《普通高等学校图书馆规程》中，规定高等学校图书馆必须履行教育职能和情报职能。教育职能是图书馆最基本的工作，情报职能是在教育职能的基础上为读者节约时间，尽快查找和掌握到更新的资料，更深层次地为他们服务的图书馆职能。两者是相辅相成、普及与提高的关系。当今社会，生产力发展快，要求人们更高效地工作，因此对信息的要求是“快、新、准”。如此，情报工作就显得特别重要了。作为高校图书馆，图书馆的活动不能停留在进书、流通、阅览“三部曲”上。而专科学校图书馆履行情报职能也是义不容辞的。然而目前有些同志认为:“专科学校图书馆条件差，搞不了情报”，“专科学校没有科研任务，情报工作可要可不要”。但我们知道，提高教育质量是学校头等大事。如何才能提高教育质量？一是教师要更新知识，吸收科学文化最新成果，二是学生要开阔眼界，为开展科研打下基础，这些都必须靠情报工作来提升。“条件差”就要改善，有困难就要克服，这是时代的需要。

那么，专科学校图书馆如何才能更好地履行情报职能呢？

建立机构，领导重视。机构是保证，领导是关键。情报机构一般有两种形式：一种是建立专门的情报室，配置 3~5 名情报人员；一种是情报人员分散在各阅览室和书库里，但是绝大部分时间和精力必须搞情报工作。不管是哪一种形式，都要制定严格的规章制度。此外，还要实行岗位责任制，要让一名熟悉情报工作的副馆长专管，主管图书馆工作的馆长要定期或不定期检查情报工作情况，对工作成绩突出的情报人员要给予表彰，对不负责任的情报人员要提出批评，同时还要不断调整和充实情报人员队伍。

加强培训，提高素质。情报人员不但要思想政治好，业务上也必须具有双科专业技能。只有某学科专业水平，没有学过图书馆专业知识，情报工作无法开展；只有图书馆专业知识，没有某学科专业水平，也无法收集、获取、整理信息资料，两者相互依存，缺一不可。但目前专科学校图书馆具备这样素质的工作人员很少，因此必须加强这几项工作：（1）让情报人员适当参加专业对口的学术讨论会，并创造条件使他们能继续深造；（2）通过进修或培训，使情报人员都能达到图书馆的工作要求；（3）鼓励情报人员边工作边学习，充分利用零星时间或规定每周一个上午进行业务学习。规定学习任务，经常检查学习情况，举行必要的考试或考查。只有这样，情报人员的素质才能不断提高，并胜任情报工作，“老师的老师”才是名副其实。

大胆创新，开展多渠道服务。从目前专科学校图书馆的条件看，开展情报服务困难重重。然而为了读者的需要，为了发展图书馆的事业，再困难也要拓展思路、大胆创新，多渠道、多方式地为读者提供信息，促进教学质量和科研水平的提高。专科学校图书馆有能力开创的项目有这几项:（1）编制目录索引。应该使用系统的较高水平的专题目录索引，各科参考书目录索引和各学科最新科研成果目录索引。这些目录索引最好发至各班和科研室，方便读者查找。（2）配合教学和科研工作开展专题服务。有条件的情况下，教师和情报人员可合搞项目；一般情况下，情报人员要围绕教学重点和科研项目提供专题资料。（3）收集、整理、编印最新信息资料。为了方便传递，可以编印馆内《资料摘编》《最新信息》等读物。（4）定期或不定期召开信息发布会。（5）通过文献检索等课程，向读者开展咨询服务活动。

增加图书经费，选购质量较高的书刊。近年来，由于种种原因，图书馆事业走入了“低谷”。专科学校图书馆的购书费一减再减，不少馆年购书费不到三万元，导致一些专科学校图书馆工具书奇缺，专业资料书籍没有几本，报刊寥寥无几，即使有也只是一堆过时的刊物。这种状况需要各方面的共同努力来逐步解决。我们必须明白：增加图书经费的投入是明智的选择。然而，经费重要，刊物质量更不可忽视。专科学校图书馆要藏有一般读物、教学参考、研究资料三种不同类型的刊物。如果没有足够的资料，不但不能满足读者的要求，情报工作也无法开展。那么，如何保证刊物的质量呢？（1）必须挑选知识面广、水平较高的图书采购员；（2）建立和健全有各专业教授和讲师参加的选书小组，每期征订书目都要请他们协助选定；（3）书库和阅览室要坚持跟踪调查，掌握读者的阅读倾向和心理活动，协助搞好中心期刊的测定以及读者急需的新书新资料；（4）定期或不定期召开不同层次的读者座谈会，摸准他们对资料的需求；（5）每年搞一次藏书建设总结评估活动。

社会的高速发展，必带来图书馆事业的高速发展。我们应该像郭橐驼那样，“顺木之天，以致其性”，使图书馆事业这棵大树根深叶茂，果实累累。

附　录

我国清代图书流通传播的渠道探究

摘要：清代是我国图书事业发展的重要时期，这一时期出版了大量的文献典籍，包括目录学、史学和经学图书典籍。文章在分析清代图书事业发展的基础上，对清代图书流通的五种渠道进行了研究。

关键词：清代图书出版图书流通渠道

作为我国最后一个封建王朝，清政府运用多种手段逐步加强对文化和思想领域的控制。一方面，大规模禁毁书籍和制造文字狱；另一方面，积极提倡经学，鼓励考据学的发展，并通过科举制大量笼络人才。高危之下，当时的文人惧于作诗、作文、谈论国事，便把更多精力投入到对古书的研究之上，从事古文的编纂工作，致力于图书校勘。在考据学、音韵学、训诂学、文字学、目录学、史学和经学等的研究上取得了较大成就，促进了清代图书事业的繁荣发展。

一、清代图书事业发展

1. 清代图书编纂。清政府编纂的图书在我国封建王朝中是最多的。康熙年间，清政府平定了三藩叛乱，击溃了噶尔丹政权的外在威胁，国家处于统一状态。政治的稳定促进了社会经济的发展和文化事业的繁荣，而当时清政府统治者也高度重视图书事业的发展。康熙本人是一个博学多才的皇帝，他不仅十分重视图书编纂工作，还亲自撰写了有关的几十篇论著。此外，他多方阅读古人著作，附加修改和批注，内容涉及文学、历法、农艺、辞章、历史和经学等方面，这一行为直接影响了其后的几位皇帝。《全唐诗》《渊鉴类函》《佩文韵府》《康熙字典》大多是在这一时期编纂完成的，其中影响最大的是《四库全书》和《古今图书集成》。《古今图书集成》是继《永乐大典》以后，我国现存最大、收罗最广泛、内容最齐全的一部类书，是康熙皇帝指派皇三子主持编纂的。全书共有目录 40 卷、内容 10 000 卷，合计 6117 部，保存下了明代大量的文史资料和当时的西学相关内容。《古今图书集成》在图书编辑体例上远远超越以前的类书，且配有精美图片，在内容和形式上都有很高的文史研究价值。《四库全书》是我国最大的一部丛书，在乾隆年间耗时十三年编成，全书共 79 338 卷，3462 种书，分经、史、子、集四部。乾隆编纂《四库全书》的主要目的是为了炫耀其文治武功，也是他消磨人民反抗统治思想的重要手段。

2. 清代图书出版。清代图书出版主要有以下两个特点：第一，清代的“内府”刊书数量较多，这是前朝所不及的。明朝“经厂”刊印的主要是《皇明祖训》《大诰》一类的书籍，而且数量有限。但是，清代内府刊印的书籍不仅数量很多，而且范围很广。叶德辉在《书林清话》中对清代内府刊印书目进行了整理，共有数百条。第二，在清乾隆和嘉庆年间，汉学复古兴盛，校勘之学尤盛，出版的书籍更加精美，特别是经过严格校订后的各类图书古籍以丛书形式大量出版。

清代图书出版体系主要分坊刻、家刻和官刻三个部分。其一，官刻图书。清朝官刻图书基本由内府负责，内府刻书则由皇宫内的武英殿负责，所以内府刻书又称为“内府本”或“武英殿本”。康熙年间刊印的900卷《全唐诗》、120卷《历代诗余》、184卷《历代赋汇》、64卷《古文渊鉴》等，都是官刻本，《全唐诗》最具代表性。清康熙年间，康熙皇帝命彭定求等人编纂了《全唐诗》。康熙四十四年（1705年），时江南织造曹寅奉旨组织扬州诗局名手刊刻《全唐诗》。全书共收录了48 900多首唐诗，收集之丰前所未有。乾隆年间，由于皇帝对文化的重视，这一时期的官刻书本数量最多。在乾隆当政的六十多年里，刻印的图书多达数百种，如《旧唐书》《三通》《大清一统志》《明史》《二十一史》《十三经》等。直到光绪年间，武英殿仍肩负刻书职能，只是此时数量少得多了。清代地方官刻图书较少，但从咸丰年以后，随着各省先后设立书局，广雅书局、崇文书局、江南书局等，开始先后刻印多种图书。其二，家刻图书。清代许多富裕的官僚家族十分注重私家刻书。较为著名的有诸城南海伍崇曜粤雅堂、大兴叔琳养素堂、德州卢见曾雅雨堂、海宁吴骞拜经楼、曲阜孔继涵红榈书屋、歙县鲍廷博知不足斋等，这些都是道光以前的家刻图书地。清朝家刻图书的另一个重要特点是丛书数量多，其中以鲍廷博的《知不足斋丛书》、钱熙祚的《守山阁丛书》、孙星衍的《平馆丛书》和徐乾学的《通志常经解》最为有名。乾隆至嘉庆年间的私家刻书主要是翻印唐宋刻本，顾千里刻印的宋元本数量最多，而且质量很高，对我国古代文献的整理和保存具有较大贡献。其三，清代坊刻图书。在清代，私家刻书和官方刻书是为官僚地主士大夫阶层直接服务的，民间日常生活和学生读物所需要的图书则主要通过书坊刻印而成，所以清代坊刻图书数量较多。其地点在清朝前期主要在杭州、苏州和南京，但是随着经济的发展，刻书地点后来移到了广东、江西和四川等地区，但仍以南京、北京、苏州和扬州为中心，例如北京的善成堂、聚珍堂、荣禄堂、泰山堂、宝文堂，南京的德聚堂、李光明庄，苏州的三经堂、绿荫堂、聚文堂和宝光堂，扬州的文福堂等。为了降低成本，清代坊刻的图书在纸张墨汁用料方面不如家刻图书和官刻图书，但是对我国古代图书事业发展，仍然具有重要的传承和延续作用。

二、清代图书流通渠道

1. 书摊售书。清代书摊一般都处于街道较为繁华之处，也是当时图书集散流通的地方。例如，每当京城慈仁寺庙会的时候，游人较多，书摊罗布。学者陈康祺在《朗潜纪闻》中言：

“考康熙朝，公皆称慈仁寺买书，且长年有书摊，不似今之庙市仅新春半月也。”王士祯在《居易录》中曾提到，同年九月“二十五日，朝审毕，过慈仁寺阅故书摊买得《陶隐居集》三卷”。他本人经常到书摊上购买书籍，他的亲朋好友经常在书摊前才能见到他。慈仁寺因地震而毁坏后，书摊一蹶不振，琉璃厂书摊由此兴盛。康熙年间，每逢春节灯市，各类书肆和书坊就在此摆书摊，王士祯在给其好友袁枚的诗中写道：“势家歇马评珍玩，冷客摊前问故书。”可见当时琉璃厂书摊兴盛之貌。

2. 店铺售书。清代负责经营图书的店铺有两种，第一种是专门经营图书的店铺，包括单一的图书销售和刊售合一的图书店铺。第二种是兼售图书的店铺，图书并非其主要销售商品。其中，刊售合一的书铺，不仅从事图书销售，还负责图书刻印，这是我国最早也是最为重要的图书流通渠道之一。明末清初的毛晋汲古斋就属于此种类型。北京作为清朝京城，是当时的经济文化中心，书铺林立，图书贸易十分繁荣，在琉璃厂就有宗圣堂、带草堂、名盛堂、嵩口堂、声遥堂等，吸引了来自各地参加会试的举人和文人，民间一些藏书家也经常来此购买图书。单一售书店铺主要是指那些只负责图书销售但不负责图书刻印的店铺，陶氏五柳居就属于这种类型。晚清时期，伴随着西方印刷术的传入，新式图书流通渠道逐渐形成，一些民营书局兴起，许多书铺都在区域或全国设分售处，如商务印书馆在济南、东昌、汉口、沙市、成都都设有分馆。

3. 考市。清朝虽然是满族人建立的封建王朝，但在人才选拔上沿袭科举制度，且招录人数更多，参加考试的学子也相应增多。因此，对图书需求量很大。每逢乡试和省试，考场附近就会聚集大量书摊。他们或就地摆放书摊，或搭建简易书棚，或开设临时店铺，出售与考试有关的图书。考市成为当时重要的图书流通渠道。如《大题三万选》《小题十万选》《小题文苑》《小试金丹》《大题多宝船》等都是畅销书籍。千顷堂书局就是一家以考市为主的图书销售店铺，每当考试的时候，就会在各地各个考场周围设临时书店，从事临时的图书销售。

4. 书船售书。这一售书方式具有很强的地域性特征，主要在江南水乡。江南地区河网纵横交错，几乎延伸到每个村庄。书船作为当时众多船型的一种，也成为了清朝的一种图书流通渠道。其原因一方面与当时江南经济文化较为发达，人们对图书的需求量较大有关，另一方面也与当时江南图书刻印和藏书事业的繁荣有关。书船上搭建有船篷，船篷下装有书架，书架上陈列图书，并设有桌椅。这些书商被称为“书客”，有诗云：“山堂书贾推金氏，古籍源流能缕指，吾湖书客各乘舟，一棹烟波贩图史。”本诗所指的书客就是专门从事售书的书船主人。

5. 邮寄图书。晚清时期，随着邮政渠道的出现和发展，对当时的图书流通产生了重要影响。当时，邮寄的这一流通方式价廉且方便，比较适合那些购买图书数量较少的业务。上海啸园刊局每次刊印一批图书以后，都会在申报上刊登广告，并配有“信局来信带费概由本园给发”字样，说明邮局邮寄图书已成为其销售的重要渠道。清朝邮政网络的建立和完善，加快了图书邮购的速度。购买邮寄图书时，图书购买者首先要向图书出版者去信，注明需要购买的图书名称，邮费由买方承担。图书出版者接到购书款和订单以后，就会通过邮寄的方式寄出对方所需图书。后来，清政府的一些官方书局为此专门制定了邮寄图书管理细则，对邮费等相关项目进行了规定，例如江南书局规定："本局出版各书，均按书目定价出售，不折不扣。如有远道汇洋函购，须代寄者，包皮邮费，照刊定书价另加洋一五成，以便代寄。"

（本文发表于《兰台世界》2015 年第 11 期。作者：莫耀评）

高职院校图书馆“一网式”个性化信息服务模式及对策

摘要：本文通过对高职院校图书馆“一网式”个性化信息服务模式及对策研究，探讨高职院校图书馆如何通过这一个性化信息服务方式促进教学质量的提高，以培养合格的、应用型的高级技术人才。

关键词：高职院校图书馆个性化信息模式探讨

分类号：G252

我国共有1000多所高职院校，数量占据了高等教育的“半壁江山”，在校生占本专科生的44%以上。目前数字图书馆的个性化信息服务研究很多，但对于高职院校数字图书馆的个性化信息服务研究却很少。笔者认为，对高职院校图书馆的个性化信息研究十分重要，其一，高职院校分布广，数量多，在校学生也多，只有重视研究才能满足信息服务资源的需求；其二，重视研究才能保证高职院校图书馆现在和未来能顺利发展，少走弯路；其三，有力促进教学质量的提高，培养合格人才。然而高职院校图书馆的个性化信息服务模式是什么呢？笔者试从“三大块”及对策进行探讨。

一、本馆“一网式”服务，实现馆藏全推送

本馆网是基础，它能帮助高职院校读者从中获取个人需要的信息。

1. 通过本馆网站，连接包括师生在内的所有用户，把馆藏所有纸质资源数字化。随着现代技术的发展，计算机已普及到了人们生活中的的各个角落。为了方便读者查阅信息，图书馆必须努力建立和健全本馆网站，使读者在自己的电脑前就可以查找到馆藏信息资源。这便要求图书馆把纸质图书资料数字化，并挂在本馆网站上。为进行此项工作，一是把图书在版编目（CIP）数据全挂在本馆网上；二是按《中图法》分类，制定纸质图书资料总目录表；三是制定主要图书的内容提要；四是把与专业有关的热门图书通过扫描推送给读者。除此之外，还要与其他院校联机检索，实现资源共享。通过本馆网站，读者能更便捷地办理包括查询、续借、预约在内的各种传统的信息业务，还能利用图书馆入门指南，开展新型的网络化信息服务，包括数字参考咨询、原文文献传递、专业信息源导航库、特色资源、个性信息定制推送等。为使读者可以在网络化环境下尽量享受到个性化信息，图书馆要做到馆藏图书资料全推送。

2. 制定统一的检索标准或检索方式。假使“一人一用户”，一个院校图书馆就有近万用户了，图书馆应与用户建立交流平台，定期或不定期地与各用户交流思想，了解教学、学习与科研情况，从而掌握他们的需求。图书馆要制定统一的检索标准或检索方式，主要有：①自定义主题法。制定此法应注意两点，一是向用户提交的主题词以进行自动分析，形成一定的检索策略自动检索，并将检索结果自动发送至用户信箱；二是尽可能提供主题词表让用户对照，使用户可以轻松地输入主题词，从主题词角度获取个性化信息，保证用户检索的科学性和检索结果的针对性。②按《中图法》制定检索方法。《中图法》分类很细，本系统不能过细也不能过精，一般分到三至四级为宜，用户通过分类导航指引，按学科类别定制信息，系统则自动将该类的最新图书资料及时推送至个人信箱。能不能满足读者的个性化信息需求，要看馆藏质量。馆藏是基础，技术是手段。高职院校图书馆要打破传统“大而全”的藏书观念，重点购置基础知识、实践性强、与学校开设专业相关以及能促进思想政治教育的图书资料，打造专业馆藏特色。图书馆还要认真详细地调查了解用户的阅读倾向及其兴趣变化，紧跟读者需求，为他们购好书、购新书，保证个性推送率。

二、选取网络资源，形成自我数据库

现在，网络站点繁多，信息资源庞杂。高职院校图书馆要满足本院校师生的个性需求，而且要能更快捷地查找到信息资料，就得整合网上的信息资源，形成自己的数据库，再从本馆网提供给用户。

网络开放的学术资源分布很广，有数字图书馆项目提供的开放图书、出版商提供的开放图书、内容开放的百科全书、个人或团体网站提供的开放图书以及开放存取的期刊、报纸、论文及各网站、网点提供的文献资料等。这些信息资源通过以检索为主的检索引擎和以浏览为主的搜索引擎可以获取。问题是，这些信息资源如何通过选择和整合，变成高职院校图书馆的东西后再推送给用户。

经过选择整合出来的网上信息资源，高职院校图书馆必须在本馆网上开设“网上资源”专栏，栏内要建立各种各样的数据库，主要类型有：①专业与课程数据库。专业是教学环节最明显的划分，课程是信息资源紧扣教学的最直接的体现。根据本院校的特色与要求，从网上选择整合出来的专业信息资源，可通过建立自己的数据库，并下载到本馆网上，使用户可在“网上资源”专栏通过关键词、主题词或自然语言进行查询，由程序自动搜索，获得信息。以专业和课程建立数据库，一方面便于读者查阅，另一方面可以提高学生的学习兴趣。教师可适时定制自己所教课程的信息，丰富充实上课内容；学生也可以通过定制所学的课程，获得参考信息，选择课外阅读资源，不断提高学习质量。②专题数据库。以专题形式把网上的信息资源选择整合，并以专题形式集中，建立数据库。这种数据库侧重于基础知识与实践性，突出技术技能。③素质教育数据库。在网上除了专业、学术性资源外，还有更为丰富的知识资源，如天文地理、历史文学、社会现象、风土人情、自然景观等。这些知识对大学生来说也是素质教育资源。图书馆从各个网站收集整合出这些知识后，再分门别类建立数据库，让读者根据自己的兴趣与需要点击查阅，可以大大地提高他们的素质修养，其技术方法与上面两点相同。

三、充分利用电子出版物，增加读者查阅渠道

电子出版物是数字图书馆一个重要部分，它解决了部分学生、读者无电脑，又想查阅信息资料以及网上信息资料难查的问题。因此，把电子光盘出版物的信息资源上传到本馆网站上，是图书馆应该掌握的关键技术。

1. 建立与健全较高档次的电子阅览室。电子阅览室的计算机、服务器、光盘塔或光驱等设备的配置要高档些，要求既能使用光碟，又能使用数据库。当代出版的纸质图书，很多都配有光盘，这些光盘移交到电子阅览室后要能充分利用，服务器容量要大且稳定，要为未来的发展考虑。

2. 选购符合读者需求的电子图书。可以选购电子数据库图书，也可以选购光盘图书。电子数据库图书通过服务器连接电脑终端，光盘图书通过光盘塔或光驱直接使用。关键是如何选择这些电子图书。高职院校图书馆应该针对师生的特点与需求，购置基础知识、专业性强，突出技术技能的电子图书，尽量少购或不购理论高深、娱乐性的电子图书。目前电子出版物商家甚多，假冒伪劣者不少，应慎重选择，谨防上当受骗。

3. 选购利用价值高的光盘。提起光盘，似乎有些“古老”。其实，光盘承载的信息形式和内容要比电子图书多样，有些信息在电子图书中找不到，却在光盘里找得到。期刊报纸是出版频率较高、学术前沿信息较集中的信息载体，也是图书馆使用频率最高的资源，它们的信息资源往往是用光盘做载体的。此外，贮存有各种各样的资料信息、影视作品的光盘以及一些高尚娱乐、熏陶情操的光盘，也是不可忽视的。因此，选择适应读者个性化需求的光盘资源才是最重要的。

四、高职院校图书馆对策

高职院校数字图书馆的个性化信息建设是一项艰巨而复杂的工程，需要学校领导的支持和全馆工作人员认清方向、群策群力、艰苦奋斗、开拓进取，才能顺利完成。

1. 提高图书馆工作人员网络技术水平

依目前看，高职院校图书馆工作人员掌握网络技术的能力较差，大部分还是手工操作。因此，图书馆要通过培训、“走出去、请进来”与自学等形式，不断提高工作人员建网建库的能力、收集整合资源的能力与处理各种信息的能力和管理维护的能力。图书馆还应组织专业人员加强对网络环境下专题文献信息过滤系统、XML 电子文件管理元数据主题元素标引、Ontology 中文问答系统问题分类、Z39.50 的元搜索引擎优化网络信息资源整合等的技术研究，从中发现个性化服务的新领域新方法，促使图书馆整体处于优化服务状态。

2. 开展用户教育，提高信息资源利用率

高职院校图书馆“三大块”个性信息模式建成后，最大的问题是如何提高信息资源的利用率。首先，让各用户懂用会用。实现一人一用户后，读者群不仅庞大，还很复杂。因此，由于读者的文化程度不同、专业不同、爱好不同、需求不同，就需要图书馆对用户加强培训，提高他们对馆藏信息的操作和使用能力，让他们能快速地查找到自己所需要的信息资料。方法很多，首先，可以定期、不定期举办用户培训班，编印图书馆指南，进行新生教育，用板报网上宣传栏宣传。其次，图书馆信息资源要不断更新，尽可能满足不同用户的需求，不断提高用户的学习兴趣。只有这样，图书馆的信息资源利用率才会提高。

3. 加强领导，调整工作机构

高职院校领导要重视数字图书馆建设，逐年增加经费投入，同时要组织计算机专业、技术教育服务中心与图书馆协作，让他们抽出时间与精力培训图书馆工作人员相关的技术，让图书馆工作人员参与他们的科研活动。当然，图书馆本身也要加强领导，“一把手”抓，全馆共同上。为了使此项工作顺利开展，需要调整馆内工作机构，专门设立现代技术服务部，下设馆网、网络、电子出版物工作站，专门负责建网建库，信息资源的收集、整合、推送工作，负责与用户联系交流，了解分析用户的个性化信息需求。加强领导就要带领专业人员攻克技术难关，把图书馆馆藏数字化，让读者在本馆网能一次性完成查阅任务。领导也要知人善用，保证个性化信息工作的连续性、长久性开展。事实上，图书馆专业人员队伍不够稳定。这里面有人们对图书馆的认识和工作人员待遇的问题，图书馆领导必须有针对性地解决这些问题。要知道，没有现代化的专业人员就没有现代化的图书馆，没有现代化的技术水平就没有个性化的信息服务。

结束语

“三大块”模式是最基础、最直接、最简单、最快捷地让高职院校读者查找到自己所需要的信息资源的渠道，它将为高职教育发展培养合格应用型高级技术人才增光添彩，“半壁江山”独领风骚的滚滚潮流即将到来。

（作者：莫耀评）

数字图书馆馆藏资源可视化研究

摘要：文章简述了目前数字图书馆馆藏资源的可视化现状及现有的可视化技术，分析了馆藏时间结构模型、馆藏学科分类结构模型、馆藏等级结构模型，提出了数字图书馆馆藏资源可视化服务系统设计方案，重点介绍了系统的总体架构设计、结构模块设计、覆盖率模块设计、利用率模块设计及数据通信与接口模块的设计。

关键字：数字图书馆；馆藏资源可视化；可视化模块设计

中图文分类号：G250　文献标识码：A　论文编号：1003-1588（2015）06-0080-03

把查询到的馆藏资源数据信息以视觉的形式展现出来，达到数据信息资源的沟通和传达的直观化，即图书馆馆藏资源的可视化技术。①

馆藏数据资源的可视化使读者不但可以了解数据的基本特点，还能看到以多种技术手段展现的目标信息，如此，用户可以很明确地了解到其所需目标数据信息的状态。[②]

一、数字图书馆馆藏资源可视化现状分析

1.1 大数据时代给资源可视化带来的挑战

世界权威组织机构的统计结果曾指出：网络产生的数据信息资源每年正以 50% 的速度增长。随之出现的云计算技术也点燃了人们对大数据研究的热情，在图书馆馆藏资源可视化技术的研究过程中，大数据所占的比重已经越来越大。如今，图书馆馆藏信息的数据资源不仅数量在不断增加，其复杂程度也在不断增强，因此，如何将大量纷繁复杂的馆藏资源信息数据清晰直观地展现在用户面前，是当前图书馆馆藏资源可视化研究的一大挑战。海量且结构复杂的数据信息的存储、传输、并行化和不确定的量化等是可视化研究的难题所在。

首先，馆藏资源数据信息的存储问题在于数据多、数量大、结构复杂，因此存储时所需要的相应空间更大，对空间结构的要求更高。

其次，馆藏资源数据信息的传输对所需传输速度和所占带宽要求更高。目前图书馆馆藏资源的传输速度难以满足用户的需求是大数据下馆藏资源可视化技术研究的难点。[③]

1.2 馆藏资源越来越丰富引发的问题

虽然目前互联网发展迅速、应用广泛，可在一些领域特

别是在科研院所，人们首选的信息资源还是图书馆馆藏资源。因为图书馆经过这么多年的积累和沉淀，不仅有浓厚的文化氛围，更有系统的专业知识和丰富的馆藏资源，这是互联网资源无法可比的。[④]

随着人们对与数字图书馆相关的多媒体大数据信息研究的深入，图书馆与网络技术的结合也逐渐成为一种趋势。现在，人们对馆藏资源可视化的研究主要是可视化检索研究与可视化检索结果研究。在数字图书馆信息资源可视化的过程中，馆藏资源的数字化也是个大问题。有些资源的保存介质是很久以前的纸，这些信息数据的数据库录入工作并不容易，这在很大程度上影响了数字图书馆馆藏资源的可视化过程。[⑤]

二、数字图书馆馆藏资源可视化现有技术研究

2.1 基于几何的数据可视化技术

数据的表达形式采用几何或几何投影的方法称为基于几何的信息数据可视化，该途径能使用户很容易找到目前信息[⑥]（见图 1）。

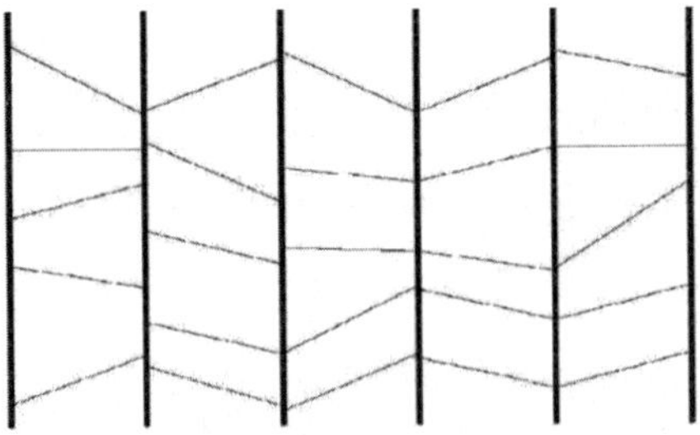

图 1　平行坐标法原理及 5 个六维数据项的表示法

从图中可以发现，信息量大且复杂的数据比较适合基于几何的数据可视化技术。因为该技术能清晰地表达出大量复杂数据之间的逻辑关系，能为用户勾勒出一幅流程清晰、逻辑明确的几何图像。当然该方法也有不足之处。有时由于信息数据过于复杂，数据量又特别大，这样勾画的几何图像有重叠的可能，用户将会很难读懂图形的含义。

2.2 面向像素的数据可视化技术

可视化系统 Vis DB 的开发应用充分证明了面向像素数据可视化技术的强大优势。[⑦]该技术原理简单易懂，如图 2 所示，右边设为一个数据项，经过某种映射变换对应到特定的屏幕上，与这个屏幕上的像素对应，一个数据项能对应几个屏幕上的窗口表示不同的数据属性值。

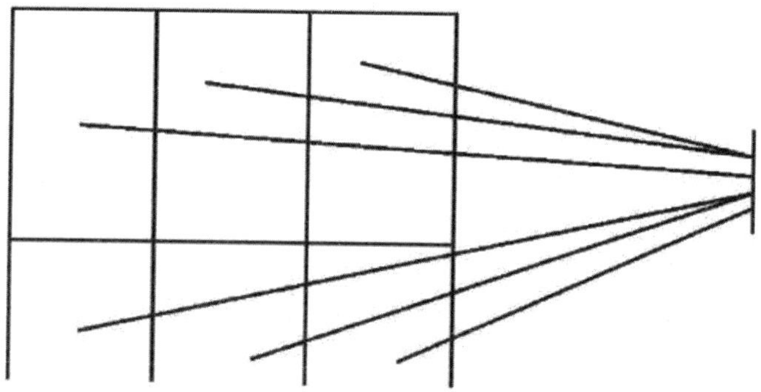

图 2 一个数据项的属性值对应到六种颜色窗口

有两种方法可以实现面向像素的信息资源可视化技术，一种是单独查找，另一种是利用查找。第一种方法主要是对数据项进行排序，排序的依据是数据项的属性值，然后在显示屏上显示排序后的数据值，这种方法使用起来既方便又有效。[⑧]第二种方法通过数据值与所查目标数据的一致程度对颜色进行匹配。该方法的流程非常切合实际，它采用特定的距离函数来估算数据项的属性值和查询值从而得到匹配值。这种方式能如实地反映两者之间的符合程度，距离函数的值越小，说明所查找的数据越接近目标信息数据。

2.3 基于图标的数据可视化技术

把数据集中的各个数据项都映射成图标的方式被称为基于图标的数据资源可视化技术，该技术在可视化技术中也是非常重要的。⑨

这种技术中的图标部分是由数据项的维数决定的，数据项是几维该图标就有几部分，图标的部分与数据项的维数是一一对应的关系。

近年来，基于图标的可视化技术不断发展，并逐渐形成多个分支，其中最典型的当数 Chemoff-faces，它是目前基于图标的可视化技术中应用最广的。通过应用该技术，能将数据项的两个维度映射当作显示的两个坐标，其他的维度映射成具体的形状。

2.4 基于层次的数据可视化技术

该项技术比较适合应用在层次关系比较明确的数据集合中，这一点从基于层次的数据可视化技术的名称中就能看出。树图是基于层次的数据可视化技术的一种，具有代表性。该技术中树图上的每个节点代表着数据项的属性值，各个子节点相加的和等于父节点的值。该技术能够把复杂的数据集进行分层处理，理顺数据的结构。

三、数字图书馆馆藏资源可视化结构模型研究

3.1 馆藏时间结构模型

数字图书馆馆藏时间结构模型主要是对馆藏时间顺序的研究，该模型有助于对数字图书馆的各类图书信息进行整理和规范。通过对馆藏资源信息的整理和对馆中图书量的增长情况的分析，能够如实反映图书馆的图书使用情况。

3.2 馆藏学科分类结构模型

随着现代信息技术的不断发展变化和科学技术学科间的交叉渗透，高校及相关教育部门内出现了各种各样的学科分类新标准。值得一提的是，这些学科还在不断细化及分解。馆藏信息资源进行学科分类在很大意义上是为了观察并及时反映图书文献资源的内容和信息能否为现代信息化教育事业、科学技术研究及社会职业分工等提供一些数据，为决策者服务。馆藏资源学科分类模型可以利用图书分类信息表去了解城市图书馆及高新图书馆内文献的学科覆盖范围，特别是重点学科文献的种类和数量的变化情况，为图书管理者对图书文献的使用及采购提供依据。

3.3 馆藏等级结构模型

现代数字图书馆馆藏数据资源由于管理和科研的需要，被人为地划分为一些特定的等级，如目前比较流行的划分原则有图书馆藏的作用、图书馆特定的相关功能需求、图书阅读人员的文化水平情况等。图书馆馆藏数据资源信息等级结构模型不

但能表现出现存图书文献资源的利用情况，还能反映出阅读者对知识文化需求的解决情况。

世界各地的图书馆管理者对馆藏数据文献资源的等级有不同的划分标准，目前我国较多地方的图书馆部门及相关院校的图书馆机构采用五等级法，即划分为甲、乙、丙、丁、戊五级。现阶段教育部对大多数本科院校馆藏数据资源的评估主要是依据其藏书的数量评定的，如大于 180 册 / 人为 A 级，大于 150 册 / 人为 B 级，大于 100 册 / 人为 C 级。我们可以通过这些馆藏数据资源的等级结构模型，来分析图书馆内阅读者平均可借阅的文献种类和数量，同时还能看出这些数值随着时间的推移或是随着馆藏资源学科信息分类后的变化情况，能更好地实现馆藏资源的可视化。

四、数字图书馆馆藏资源可视化服务设计

4.1 可视化服务总体架构设计

笔者在考虑图书馆学习者的实际需求的情况下，在原来 B/S 系统的基础上设计了一种面向用户的可视化服务构架。该系统是在图书馆馆藏资源的基础之上设计的一种面向用户的可视化服务架构，主要有可以用来展示可视化服务所有类型的服务效果情况的前台浏览器 UI；可以作为请求馆藏所有数据资源的可视化服务情况的中间数据通信部分；可以用来组织、整理监控馆藏资源数据库和其模型库的后台服务器部分（见图 3）。

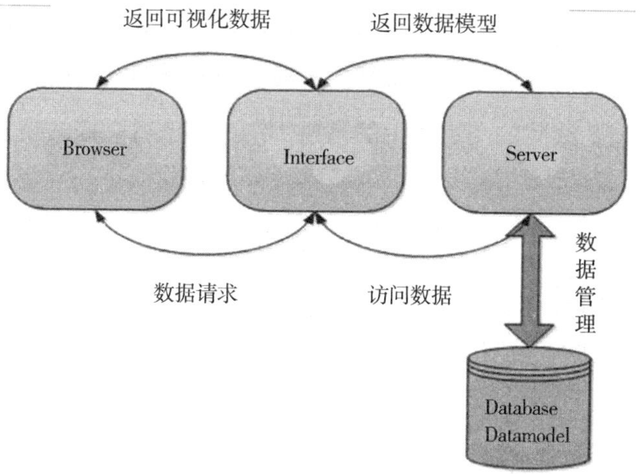

图 3 图书馆馆藏资源可视化服务系统框架

如上图所示，图书馆馆藏可视化服务系统需要设计的模块有结构可视化设计、馆藏资源覆盖率可视化设计、馆藏资源利用率可视化设计及数据模型管理及其通信部分设计等。

4.2 图书馆馆藏结构可视化模块设计

针对现代图书馆内馆藏资源的结构及其数据模型的可视化主要是在几何元素的基础上建立的可视化相关理论技术，目前较多使用平行坐标法，但具体实现这种方法的工具是报表，这是因为馆藏数据资源模型的影响因素较多，纵横坐标的参数值特别复杂且具有不确定性。但这种方法使用的报表结构形式与以往其他形式的报表有很大不同，主要体现在此报表有动态变化的数据、趋势性的参数值、报告和表格融合成一体的结构。

馆藏资源数据结构模型的可视化报表的图表内容包括图书的种类数量、每种类型的图书数量、各种类型之间的比例关系、平均每人可借的最大数量的图书比例等。报表中的图和表分别代表不同的意思，其中条状的图形表现的是图书的类型数量和册数量，线状的图形表示的是比例情况。值得一提的是，图书馆可视化报表方便了人们对每个维度的数据形式的了解，还具有直接联机打印数据可视图片的功能。

4.3 数据通信与接口模块的设计

要想实现图书馆馆藏数据的可视化，前台界面效果和系统后台管理服务器应直接连接起来，其系统需要有数据资源间的相互通信及其间的数据接口。此模块设计中的数据接口功能主要是：①利用对集成电路芯片的封装来显示图书馆馆藏资源信息数据；②由外观页面显示平台对上面的数据接口进行数据和信息的技术访问；③资源服务系统平台的数据接口接到访问信息后便与后台服务器进行数据和资源信息的交互，实现数据的相互传递。其中，可视化系统平台提供的数据服务形式是已经经过封装后的具有相对统一的标准格式的数据，其通过服务器再传递到前台显示界面内，此时具有可视化特定显示要求的信息数据已被传递结束（见图 4）。

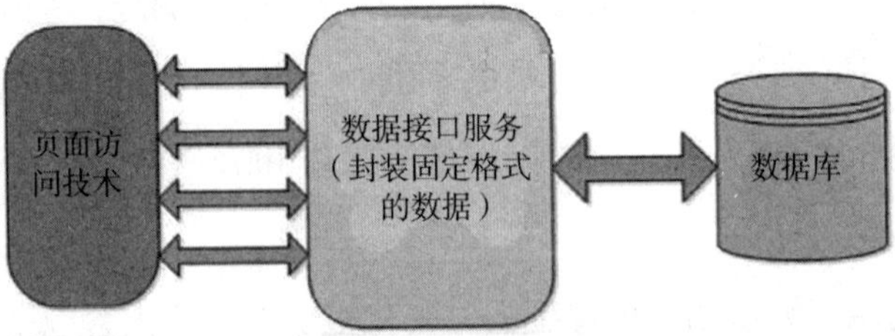

图 4　数据通信接口模块框架图

图书馆馆藏资源信息可视化服务系统设计因为有了数据通信接口这个特定的模块，从而使系统内部前后台的设计研发形成相对可以分开的效果，因此使用过程中如果发现系统有任何不足和需要改进的地方，都可以对可视化服务系统进行性能优化和功能改进以及系统信息扩展。

结论

随着可视化技术的不断发展和逐步完善，数字化图书馆馆藏资源的可视化也会逐渐成熟。可视化技术的应用将会进一步提高数字图书馆信息服务系统的服务能力，从而使其能更好地发挥数字图书馆信息服务的功能。

参考文献：

①吕红，邱均平，李小涛等．国内馆藏资源可视化研究进展分析［J］．情报资料工作，2014（1）：57-60.

②邱均平．专题：馆藏资源可视化研究［J］．情报资料工作，2014（1）：24-30.

③刘晓娟，周建华．数字资源可视化的理论、技术及方法研究［J］．图书杂志，2015（2）：102-108.

④王洪娟．高校数字图书馆馆藏资源建设与维护发展研究［J］．绥化学院学报，2013（2）：59－64.

⑤贺德方，曾建勋．基于语义的馆藏资源深度聚合研究［J］.

中国图书馆学报，2012（7）：12-17.

⑥张洋，谢卓力．基于多源网络学术信息聚合的知识图谱构建研究［J］．图书情报工作，2014（12）：32-37.

⑦侯婷婷．图书馆藏书质量评价指标体系优化分析［J］．才智，2012（20）：336-341.

⑧刘文远．基于雷达图表示的多维数据可视化分类方法［J］．系统工程理论与实践，2010（1）：178-183.

⑨刘慧．图书馆馆藏资源建设评估研究［J］．农业图书情报学刊，2015（2）：55-61.

（本文发表于《河南图书馆学刊》2015年第6期。作者：莫耀评）

创新是高校图书馆发展的主动力

摘要：创新是一切事物发展的主动力。本文从创新是高校图书馆发展的需要出发，论述如何在馆藏建设、优质服务、领导方法上运用创新方法推动是高校图书馆的发展。

关键词：高校图书馆；创新；永恒主题

创新是一切事物发展的主动力，高校图书馆通过信息资源和优质服务让读者的需求得到充分的满足，从基础知识到高深理论，从专业知识到素质教育，从技术技能到科学研究，全方位地展示出图书馆的特点和作用。创新贯穿着整个图书馆工作，引领着图书馆发展，图书馆职能发挥和肩负着的人才培养任务是靠不断开拓创新来实现的。笔者认为，创新是高校图书馆的永恒主题，没有创新就没有图书馆的发展，就不能很好地为提高教学质量和培养合格人才的目标服务。

一、发展需要创新，创新引领发展

高校图书馆但凡形成了一种模式就很难改变，比如20世纪五六十年代，图书馆为了适应读者借还的习惯，设置了采编部、流通部和阅览部。直到21世纪的今天，图书馆虽然发生了巨大的变化，但这种机构并没有多大的变化，原因就是传统观念没有被打破。为了充分利用现代化技术，适应读者日益增长的个性化信息需求，图书馆必须打破传统观念，从创新思想、创新内容、创新方法上去推动图书馆的发展。所谓创新思想就是解决方向和信心问题，创新内容就是要明确做些什么事情，创新方法就是一种“别人没有我有”的手段。创新始终引领着图书馆的发展，永无止境。

图书馆在多个领域的创新，依靠的是图书馆全体工作人员的共同努力，悉心拼搏。而创新又能激发和调动工作人员的积极性，让工作人员看到前途和希望，看到自身价值和社会价值，更促使他们绞尽脑汁地去参与创新活动。

二、馆藏创新，涌现特色

馆藏特色的形成是一段艰苦又复杂的过程，它是图书馆一代又一代人努力的结果，但又不是一成不变的，这其中就需要图书馆根据时代和学校的发展与读者需求的变化不断地进行创新，涌现特色。

特色的选择是关键。馆藏特色种类很多，主要有学研特色，如重点课程、各类学科；专题特色，如中国文学研究、市场经济研究；地方特色，如红色旅游、西部开发；类型特色，如外文原版书库、外文期刊室；环境特色，如野生动物保护、海洋环境研究等。然而选择哪一类作为本馆馆藏特色呢？这就要看本校实际需要和发展目标了。一般来说，有这样几个根据：①本校开设专业和重点课程；②本校科研方向；③地方特有文献；④学生思想教育导向；⑤本馆馆藏中独有的信息资源。在具体创新特色时，要求：①有足够数量的信息资源，包括纸质图书资料、数据库、电子出版物；②信息资源种类齐全，特别是最新的信息资源；③基础知识与高深理论资源比例搭配科学合理；④图书期刊报纸以及网络化资源一体化，方便读者查阅借；⑤组织一支精于服务的团队，制定一整套的规章制度，随时保持优质服务状态。这一切，需要图书馆工作人员有高智能的头脑和永恒的创新精神。

三、服务创新，转变方式

服务创新就是转变服务方式，满足读者个性化信息需求。以往图书馆为读者服务的方式是“坐馆待客”“有啥借啥”“单方主动”，现在要转变为“走遍千家万户”“要啥有啥”“双方主动”的服务方式。

“走遍千家万户”就是图书馆利用现代网络技术、接受读者查询、办理业务、推送信息资源，让读者不用到图书馆，在家里或办公室就可以查阅到所需的资料。要达到这样的要求，图书馆馆藏纸质图书资料必须实现数字化，即把每册图书编目（CIP）、主要图书或有价值的专业图书编写内容摘要、期刊总目录及专题目录，用先进扫描技术把重点书刊原文挂在本馆网站上，使读者随手可得。

“要啥有啥”就是馆藏信息资源要丰富。应该扩大数字图书馆，充分利用网络存放资源和国家、单位、个人网站有关的信息资源；购置具有本馆特色的学科数据库和地方文献数据库以及电子出版物；整合网上资源变为本馆专题数据库，使图书馆纸质、网络、电子出版物信息资源融合成为一体，尽量满足读者的个性化需求。

“双方主动”就是读者和图书馆工作人员互动。过去读者到图书馆只是“个人行为”，是“单方”的，图书馆可以通过开展各种活动与读者交流，进一步了解读者阅读心理的变化，增强读者对知识的摄取。这是一种比较深层次的服务方式，有下面几种活动可以考虑：①举办读书讲座，请教授、专家谈谈自己的读书心得；②组织读书座谈会，让读者与图书馆工作人员交流读书经验；③召开信息发布会，介绍某学科研究前沿动态及成果；④举办各类展览，如书画展、图片展、读书心得体会展，让读者领会到学习的乐趣；⑤开展知识竞赛，提高读者学习兴趣。

四、创新领导，打开局面

以创新改变领导方法。二十世纪六七十年代，图书馆实行制度管理，八十年代实行激励管理，九十年代至今，实行人文管理，这些管理方式的改变，是靠不断创新打造出来的。

现在的问题是，在实行人文管理过程中，领导应该开创哪些新方法。

完善民主方法，即构建图书馆和谐的组织秩序。图书馆要实现民主就必须建立高效的民主机制，在措施上表现为：第一，让图书馆工作人员有更多的机会参与组织决策、计划等各个管理环节，有更多的机会运用自己的知识，发挥自己的才能，满足自我实现的需要；第二，建立在上下级沟通与互信基础上的事业部制或矩阵式组织，使权力和责任中心下移到最了解情况、最熟悉问题的相应层次，创造一个和谐的民主新机制，推动图书馆发展。

彼此协调方法，即组织与个人协调发展。图书馆的发展是多种因素的结果，只有领导与工作人员协调发展，创新才会取得更大的成效。领导者的“有限知识”和被领导者在“特定的时间和特定的地点”的才能和经验需要“互补互动”，这种行为表现为领导者尊重被领导者，共同组成“群体合力”，被领导者在领导者组织下，能充分运用自己的知识、经验，发挥个人才能和创造力，不仅符合个人发展，也符合图书馆的发展。

侧重情感方法，即效率与情感相结合。“以人为本”要求无论做什么事情，首先考虑人，考虑人的精神面貌、人的生活状态、人的情感。在一切活动中，尊重人、关心人、爱护人都应该是第一位的。精神好、心情好，员工的工作积极性和聪明才智才能充分发挥，提高工作效率。相反，只强调工作效率，以命令、制度、惩罚为主要手段，工作效率反而会降低。强调效率与情感相结合，在特定时间和场合下，首先考虑人的情感。能提高效率的方法还有很多，这里就不赘述了。

社会要发展，高校图书馆要发展，创新就要永远站在发展的前面。创新带来美好前景，创新将打造出一片新天地，使读者能在这片新天地里获得最大的满足感。

（本文发表于《才智》2012 年第 8 期。作者：莫耀评）

高校图书馆为地区经济发展服务之我见

摘要：本文从需要、责任和能力三个方面阐述高校图书馆为地区经济发展服务的问题，特别指出高校图书馆要在经费投入、调整馆藏结构、工作方式上力保此项工作顺利进行。

关键词：为地区经济发展服务

分类号：G250.76

20世纪80年代以来，曾有不少人提出高校图书馆“社会化”问题，只因条件尚未成熟，问题很快就搁浅了。如今我国经济进入了腾飞时期，物质资源丰富，人民生活一天比一天好，共建繁荣富强和谐的小康社会的脚步正快速前进。人们的思想也随之改变，“各人自扫门前雪”的观念正向“一方有难，八方支援”转变。汶川等地遇到特大的自然灾害时，就充分体现出人民群众这种无私无畏的崇高精神。笔者认为，高校图书馆为地区经济发展服务的条件已经成熟。

一、需要：地区经济发展需要高校图书馆通力协作

当前我们社会的特点是全民搞经济建设，城市走工业化道路，农村走城市化道路，带来市场经济的纵深发展。我们所处的时代，城乡干部职工、技术人员乃至全体人民最需要的，是通过信息资源来提高科学技术水平，开拓新领域，迎接不断变化的新市场、新机遇。同时，人们也要不断提高文化素质，享受美好的社会生活。问题是，目前我国能向城乡提供信息资料的机构太少，信息资料匮乏，远远不能满足人们需要，远远不适应经济的发展。高校图书馆拥有得天独厚的条件，应该走出去，请进来，无条件、义不容辞地为地区经济发展服务，哪里需要就到哪里去。

严峻的事实是，城市有公共图书馆，乡镇有文化站，然而一个几百万人口的城市只有一两个图书馆，一个十万人左右的乡镇只有一个文化站，如何能满足人们日益增长的文化知识的需要？笔者曾在一个镇文化站调查，这个镇有 11 万余人，文化站却只有 1200 册图书、30 本杂志，还是一些单位人士捐赠的旧书旧刊。由于长期经费紧张，图书资料残缺，有时一年都买不上一本新书，更谈不上最新最有用的科学技术资料了。公共图书馆文化站既然不能满足人们的需要，那么高校图书馆为了实现共建繁荣富强和谐的小康社会的宏伟目标，只能“豁”出去了。

二、责任：高校图书馆有责任为地区经济发展服务

构建社会主义和谐社会，不是一个地区、一个部门的事，而是全国全民的事，只有全国上下共同努力，相互协作，才能实现这样的目标。

高校图书馆不是孤立存在的，它是社会的一个细胞，国家兴衰与其息息相关。把高校图书馆融入社会，不仅仅是观念改变的问题，也是社会的责任。建设小康社会，高校图书馆也有责任。

高校图书馆有责任协助建设本地区的图书馆和文化站。前面提到，地区图书馆和文化站条件较差，他们亟须增加设备，购置图书资料，增加人员培训。这些方面，高校图书馆都可以指导与协作，比如为他们举办业务培训班，捐赠一些设备和图书馆资料等。有能力的高校图书馆还可以选择两三个地区图书馆或文化站进行帮扶，为他们扩大建设，开拓服务渠道，最大限度地满足读者的需要。

高校图书馆有责任为城乡科技人员提供信息资料。城乡科技人员是地区经济发展的骨干力量，他们随时需要开阔眼界、更新知识，运用新技术、生产新产品，因此需要发掘本项目的最新研究动态和前沿研究成果。而这些图书资料在本地的图书馆、文化站、新华书店是找不到的。高校图书馆贮藏的极为丰富的资料信息，过去只为本校师生服务，但它们同时也是城乡科技人员的需要，因此，应当实行资源共享。当然，城乡地域

广阔，学校图书馆不可能为它们提供全面的服务。因此，每个高校图书馆只能选择两三个点，或一个工厂企业，两个县。即使如此，高校图书馆的服务范围也几乎可以涵盖整个地区了。但是，服务要有针对性，医科院校图书馆服务于医务技术人员，师范院校图书馆服务于教师，综合性院校图书馆服务于经济市场、工矿企业、农业开发等，如此，能促进地区经济的飞速发展。

高校图书馆有责任送书到工企农村，提高全民族的文化素养。这个任务十分艰巨，它需要高校图书馆的相互配合。例如，可以向学校周边读者发放借阅证，较远的地方可采取“流动图书馆”的方式，定期或不定期地给群众送去精神食粮。为了提高读书质量，还可以组织一些读书会、座谈会、报告会。

高校图书馆还有责任通过信息渠道盘活地区经济市场。高校所在的地区有许多工矿企业要打入市场，而农村农业生产和农副产品加工出来的产品同样需要进入市场。作为高校图书馆，如果能经常向他们提供收集而来的流通信息，打通供销大门，盘活经济市场，推动地区经济发展，那是一件多美的事啊。

三、能力：高校图书馆有能力为时代做出无私贡献

高校图书馆走出校门，服务地区经济发展是需要的、应该的，也是有能力的。问题是如何调整与安排好校内外业务，协调与疏通好方方面面，排除各种困难，获得双赢。

首先是资金问题。帮助地区馆站建设和为地区科技人员及

社会读者提供图书资料是需要投入经费的。笔者认为，所投入的经费应该作为扶贫款或捐赠费。近年来汶川等地遇到特大自然灾害，全国人民踊跃捐赠，以实际行动让受灾群众早日过上美好日子，正体现了中华民族伟大的精神力量。高校图书馆为了帮助地方文化建设，每年抽出一些经费购置书刊设备，推动地区经济发展，这是完全有能力的。我们还要挖掘馆藏潜力，发挥馆藏作用。这批经费不会很多，约占图书馆图书资料购置费 2% 就可以了。

调整馆藏结构，适应服务需要。服务对象和方式的改变一定会带来馆藏结构的调整，随着新读者新图书资料的增加，原来的馆藏就得调整了：①要增加社会读者所需要的图书资料，扩大馆藏；②把原馆藏图书资料的一部分拿出来支援地方馆站，减少复本量，精简馆藏；③调整书刊报的比例，在一定程度上改变馆藏专业特色；④收集整理市场信息，编印两三次文献，增加馆藏内容；⑤增设农村科技资料室，加强图书资料提供的针对性。

加强领导，改变工作方式，为地区经济发展服务，有三大工作要做：一是为科技人员提供信息资料；二是送图书资料上山下乡；三是办社会读者借阅证。要完成这些工作，高校图书馆必须加强领导，改变服务方式。为了提高工作效率，图书馆内应增设校外工作室，负责制订工作计划及保证计划的实施，确定提供图书资料的服务点，根据需要配送和轮换信息资料。高校图书馆工作人员必须人人参与，每年轮流下厂下乡不少于两次。同时，在馆内工作，因为有了社会读者，人数增多了，借阅的、代查资料的，还有参与各种形式服务的工作人员，都很辛苦，因此更需要他们有无私奉献的精神。有人问:“为什么揽那么多工作来做呢？社会是社会，高校是高校，是两码事。”答案是:“建设繁荣富强和谐的小康社会，人人有责，是全国全体人民的共同事业，高校也是人民的一员啊。”

（本文发表于《现代营销》（学苑版）2010年第12期。作者：莫耀评、刘佳璇）

高职院校图书馆馆藏专业特色刍议

摘要：本文论述高职院校图书馆建设馆藏专业特色的重要意义以及馆藏专业特色的目标与任务、做法与措施，对高职院校图书馆今后的发展有一定的指导作用。

关键词：馆藏专业特色刍议

分类号：G640

特色是存在，特色是发展。馆藏是图书馆的核心，它体现着图书馆质量的高低，体现着学校培养人才的合格与否。目前我国高等教育有很多类型，高职院校与普通高等院校相比，虽然在校人数占了“半壁江山”，但其办学的层次与普通高等院校不同。然而，高职院校图书馆与普通院校图书馆模式都是一样的。笔者认为，高职院校图书馆要根据本院校特点和办学特色，建设自己的馆藏专业特色，也就是凸显“职业技术”特色，只有这样才能提高教学质量，培养出应用型的职业技术专业人才。

一、建设馆藏专业特色是本院校培养职业人才的需要

高职院校办学起点较低，学生需要进一步加强基础知识的学习。高职院校培养的人才以应用型、技术型为主。所谓“职业技术”，高度概括了院校的本质特征、教学内容与方法、培养人才的规格。高职院校图书馆是为本校教学与科研服务的，它必须根据本院校特点与要求创建馆藏特色，特别是馆藏专业特色。

1. 用馆藏专业特色吸引读者。特色就是“与众不同，给人一种新鲜感”。在校学生都有教材和辅导资料，但是学生们目瞩远方，胸怀天下，教材和辅导资料远远不能满足他们的需求。图书馆若有丰富的不同版本、不同类型的专业图书资料，一定能牢牢地吸引他们，进一步激发他们的学习兴趣。如果馆藏专业特色不显著，学生只能更多地阅读普通读物，长久下去，会淡化对专业图书资料阅读的兴趣，严重影响学习。

2. 馆藏专业特色能为学生提供“主粮”，让他们能出色地完成学业。大学生一踏进校门，就开始学习他们所选的专业知识，这是他们今后踏上社会谋生、为国家做贡献的基本本领。丰富多样的馆藏专业信息资料能帮助他们“贮藏能源”，开发智慧，出色地完成学业。

3. 馆藏专业特色能帮助学生对比学习、互补知识、开拓创新。但同一专业内容的信息资料，由于作者不同、版本不同、论述的

角度不同、资料的来源不同，它们的观点、方法、结果总是不尽相同的。读者从中比较对照、深入探讨，就能悟出新的东西来，创新型人才或许就能从馆藏专业特色里找到它的源头。

二、馆藏专业特色的选择与目标

馆藏专业特色的建设是艰巨而复杂的，作为高职院校图书馆，必须把最大力量放在这一工作上，突出工作重点。

1. 馆藏专业特色目标的选择。专业特色目标的选择是有一定根据的，不能凭空想象，随意决定。主要根据有：①本院校开设的主要专业；②本院校开设的重点课程；③本馆馆藏最丰富、最有价值的信息资源；④本院校某一专业成就显著的重点方向。以此四点为依据选择其特色，或能突破一般。

2. 馆藏专业特色目标的确定。所谓馆藏专业特色是有一定条件要求的，虽然不是死指标，但必须体现本馆的重点与优势。①馆藏纸质专业图书资料与纸质普通读物比例应为1∶1或2∶1，专业资料要求品种齐全、出版连续、配套合理；②拥有丰富的专业专题数据库，如互联网上选取下载的专业数据库，电子出版物、光盘等信息资源；③具有较高的现代化信息服务手段，让读者能在很短的时间内找到个性化的信息资源。

三、实现馆藏专业特色的做法和措施

1. 高职院校图书馆在馆藏专业特色结构中应该做到：①

馆藏结构应以基础知识为主，辅以理论与研究。②馆藏结构中纸质图书资料、互联网信息资源、专业专题数据库、电子出版物、光盘相匹配，纸质和数字化并存。③新旧信息资料匹配。不能只图新除旧，因为知识的发展是连贯的，有周期的。④正式出版物与非正式出版物并存。馆藏中应该有一些非正式出版的资料。往往这些资料储存有最新最有价值的东西。

只有合理科学的馆藏专业信息资源，才能最大程度地满足高职院校师生对于信息的个性需求。

2. 构建本馆“一网式”专业信息服务模式，解决读者查找信息资源难的问题。

社会的飞速发展促进了多种多样的信息载体的产生，加上出版种类繁多，这就给读者带来了“大海捞针”的查阅难的问题。为了让高职院校读者能快速和安全地查阅个性化信息资源，图书馆应该构建“一网式”专业信息服务模式。

“一网式”专业信息服务模式就是把本馆专业纸质图书资料数字化，选取网络上的专业资源，整合为自己的数据库，电子光盘资料转换为数字资料汇集于本馆网站上，读者只要点击本馆网站，就可以查阅到所需要的信息，节省“走上走下”“大海捞针”的时间和精力。当然，这是一项极为复杂而艰巨的工程，但只要有坚韧不拔的精神，问题是可以解决的。

构建本馆“一网式”专业信息服务网站，最好采用Web2.0，因为Web2.0的理念与服务方式最适合高职院校读者，它以个人为中心，自我组织为中心，并能使图书馆与用户互动和共享。

实现本馆“一网式”信息服务网站，系统必须具备两方面能力：一是构建个性化信息 Agent 模型，即将个性化信息从全局信息空间中分离出来；二是构建用户 Agent 模型，即跟踪用户的行为、学习、兴趣等，通过描述用户的兴趣特征来建立个性化用户模型。此外，还需要有功能强大的网络信息搜索能力和友好的用户界面。这既是构建信息 Agent 和用户 Agent 的基础，也是实现个性化服务的保障。

解决读者查阅专业信息资料难的问题，实质上也是实现馆藏专业特色的一个重要突破口。提高专业信息资料的利用率，培养出更多更好的专业技术人才，是馆藏专业特色的主要任务。

3. 馆藏专业特色持续发展是关键

对一个图书馆来说，不能以为形成了馆藏专业特色就可以万事大吉。如何保持它的持续发展，是图书馆和学校要考虑的问题。

①双学历人才治馆

高校图书馆实质是综合性学术机构，它的工作人员须具有图书馆专业学历，又需要有学科专业学历，称之为“双学历”。双学历人才治馆在高职院校图书馆馆藏专业特色建设中势在必行。只有图书馆专业知识的馆员无法全面选取学科专业信息资料，同样，只有学科专业知识的馆员也无法把专业信息资源管理、提供好。双学历人才一靠引进，二靠培养，培养方法有三：图书馆有目的有计划地组织自学；有图书馆专业学历的送出去专修某学科学历；有某学科专业学历的送去专修图书馆学历。

长此以往，图书馆人才配备臻于完美，馆藏专业特色也得到完善和持续发展。

②全校上下相互支持，精诚合作

实现馆藏专业特色，单靠图书馆是远远不够的。大的院校有上百个专业、上千门专业课程，小的院校也有二三十个专业、七八百门专业课程，需要采集的图书资料广泛，专业性强。再者，互联网有几百万个网站，从多如牛毛的专业网站上选取信息资源，更是难上加难。如果没有各系各单位专业教师的支持合作，工作难以完成。图书馆应设立馆藏专业特色部，具体协调馆内外工作。

支持和合作的关键在于学校领导统一思想，统筹兼顾，并制定相应的办法，实施相应的措施，让有关人员在愉悦的心态中积极完成本来不属于自己的工作任务。

③加大经费投入

目前纸质图书资料价格飞涨，专题数据库成本高昂，选取各网站的信息资源也要收费。学校只有加大经费投入，才能使馆藏的纸质专业图书资料、数据库、电子出版物等信息资源多种多样。否则，满足高职院校读者个性化专业信息资料的需求只能是一句空话。

长期以来，图书馆都面临着经费短缺问题，馆藏专业特色的建设也因此受到了很大的影响，但是我们有理由相信，学校领导会很好地解决这一问题，馆藏专业特色也一定能实现。

（发表于《广西教育》2013 年第 19 期）

跋

几年前，百色学院副校长凌绍崇教授曾多次鼓励我写一本书作为人生留念，因为我知识浅薄，没有写作经验，加之认为时代发展了，人们观念改变了，“旧东西”没有人看，所以总不敢动笔。后来，有一天晚上，我在家看电视。电视上说，某地有一位70多岁的老太太。她是个文盲，但为了把抗日战争时期发生在她身边的故事写出来，她开始学习写字和文学写作。通过日以继夜的努力，两年后她写出了一本得到读者喜爱的好书，难道我不如这位老太太?

每个时代都有每个时代独特的社会实践与社会意识。能代表那个时代的东西，用文字记录下来就成为文化，继承和发扬就会产生无穷无尽的正能量，推动社会向前发展。这个感悟，成了本书的写作基础。

在本书写作和出版过程中，我深感力不从心。本书的出版，得到学校领导的热忱关怀，得到副校长韦复生教授、罗志发教授和学科发展中心主任曹阿林博士及绍崇同志的具体指导，得到了学院学科建设项目经费的资助，得到了漓江出版社编辑倾尽全力的修改和校正，得到滕政胜、班华、莫耀评等的协助整理和校正打印，在这里一一致谢了。

呜呼，余才艺欠缺，无能精深，倘或书中有不足之处，祈望方家指教，当以金玉之言，铭记心中。

莫昌楦

2018 年 10 月 1 日